造られた彼女たちのヒミツを俺だけが知っている

Aoi Bandana
番棚葵
illustration
イトハナ

「これは……まずい時に来たかしら」
「る、ルイ先輩!? ち、ちがっ、これは違うくて!」
「その、申し訳なかったわね。私は見なかったから、続けて」
常盤《ときわ》ルイ
みんなが憧れる
クールな生徒会長。

志賀見《しがみ》りお
ブラコン気味な妹。
実は〈フェシット〉。
「初めてはもっとロマンのある場所が良かったかも」
「お前なーっ!」
志賀見流人《しがみりゅうと》
主人公。

「何で迷わずこっちに言うのよ！
あたしが作ったのは、
普通の方だって！」

「そっちのレベル低いのは私が作ったの……どうも、こういう細かい作業苦手で」
上南《かみな》美《み》奈《な》
流人のクラスメイト。
分け隔て無く優しい女子。
少々天然気味。
天《てん》同《どう》寺《じ》修《しゅう》司《じ》
流人のクラスメイト。
他に類を見ないお調子者。

まさかの混浴!?

CONTENTS

造られた彼女たちのヒミツを俺だけが知っている

番棚 葵

MF文庫J

口絵・本文イラスト●イトハナ

第一話　〈フェシット〉のいる学校

「うー、なんだかんだで緊張するよなぁ」

とある日の朝。

その少年──志賀見流人《しがみりゅうと》は、寝起きであまりはっきりしない頭を振りながら、ぼんやりとつぶやいた。

髪を手ぐしで梳《す》きながら、パジャマを脱いで手早く学校の制服に着替えていく。

今まで休みの日以外ずっと続けてきたことで、この行為自体に新鮮さはなかった。

腕を通すブレザーが、見慣れないデザインのものでなければ。

「俺も今日から高校生か。つい最近まで中学生やってたのにな」

ネクタイを締めてからスタンドミラーをのぞき込んでも、流人は独り言をやめない。別にそれが趣味なのではなく、単にプレッシャーをはねのけようとしているのだ。

鏡の向こうで、見慣れた三白眼《さんぱくがん》と短い髪の持ち主が、こわばった顔をしていた。

ふと、ピピピというアラーム音が鳴った。ベッドの上のスマートフォンが、恨めしげにこちらを見ている――そんな気が流人《りゅうと》はした。

「はいはい、わかったよ」

目覚ましを停止させ、スマホをポケットにしまう。何となくこれで気が引き締まった気がした。

さぁ、次は腹ごしらえだ。

階下のリビングに降りると、食パンを二枚、それに卵とウィンナーも焼く。コーヒーも沸かすが、ブラックはたしなめないからカフェオレだ。

食卓はがらんとしているが、寂しいとは感じなかった。どうせ、じきに崩れる……。

リモコンに手をのばし、流人はTV《テレビ》をつけた。

「うむうむ、やっぱりこのアナウンサーが一番綺麗《きれい》だな」

――したり顔でつぶやく彼は、それなりに思春期を迎えていた。

と、そんなおり、見計らったかのようにドタドタと階段を駆け下りる足音が聞こえ、リビングの扉が、バンッ、と勢いよく開かれた。

「ちょっとお兄《にい》ちゃん、ママ知らない!?」

「ぶふっ!」

流人が噴き出しかかったのは、そこに立っていた少女のせいだ。

自分より一つ歳下《としした》の彼女は、ふっくらとした頬《ほお》に、くりくりとした瞳とみずみずしい唇の愛らしい顔立ちをしていた。髪はツーサイドアップにまとめあげ、最近急に伸びた背と手足は、同じく最近急成長した体つきと相まってアンバランスな色香を醸し出している。

特に胸が大きい。後は子供っぽいのにここだけ大人《おとな》顔負けだ。しかも現在、それらを包むのがキャミソールと白いパンツしかないときた。後は丸出しである。

流人は咳《せ》き込《こ》むのを抑え、やっと言葉をつむいだ。

「りお、お前、朝から何て格好してるんだ！」

「あれぇ、お兄ちゃん？　ひょっとしてあたしのせくしーな姿に興奮しちゃった？」

「だ、誰が妹の体に興奮なんかするか。嬉《うれ》しそうに腰をくねらせるんじゃねぇ！　それより何かに着替えてこいよ、みっともないから！」

「その着替えるための制服がないのよう！　ねぇ、ママ見なかった？」

「母《かあ》さんなら、学校だって。今日は入学式の準備だろ？」

「あ、そっか……もう、制服どこやったかなぁ」

頬を膨らませた妹は、ふと何かに気づいたかのように鼻をくんくんと鳴らした。

「ああ、いい匂い。これはもしや、トーストと目玉焼きとウィンナーでは？」

「食卓に並んでるがな……お前のぶんもあるから着替えたら食べろよ」

「わぁい、お兄ちゃん大好き。着替え見つからないし、先に食べるね！」

調子よく言ってから、りおは腰掛けた。

流人《りゅうと》の膝の上に。

「……おい、りお。いきなり何してるんだ」

「だってほら、このまま座ったらお尻が冷たいじゃん？」

「じゃん？　じゃねぇよ！　だからって俺を座布団代わりに使うな！」

温かく柔らかいものがもぞもぞと動くので、流人としては非常に落ち着かない。りおに「どいてくれ」と命じたが「えー、いいじゃん」という言葉が返ってきた。りおはそのままトーストと目玉焼きの載った皿を自分の前に持っていこうとする。

ぺい、と彼女を引き剥《は》がし、流人はそばにあった自分の鞄《かばん》を隣の椅子に置いた。その上に座らせる。本当はこれでも不本意だが、膝の上よりマシだ。

「いいからさっさと食べろよ」

「はーい」

割と素直に従った。やっぱり、兄をからかってただけか。

ため息を吐《つ》いて、流人は朝食を再開した。

大体は察したと思うが、りおは流人の妹である。性格は明るくお調子者だが、愛嬌《あいきょう》があるからか不思議と他人に嫌われることはない。

だが、流人としてはもう少し大人《おとな》しい性格に育って欲しかったと思っている。彼女は何かと自分をからかってくるのだ。

たとえば。

「じー」

「何だよ、りお。こっち見て」

「ねぇ、お兄《にい》ちゃん。あたしの胸とか見たい？」

「……お前は何を言ってるんだ？」

「そこの最後のウィンナーくれたら、見せてあげてもいいかもよ～」

「いいから持っていけ！　タダでやるから！」

「やった、お兄ちゃん大好き♪」

喜びの声もあらわにりおは流人《りゅうと》の首筋に抱きつくと、ウィンナーを箸でつまんだ。

一事が万事こんな感じである。

ある意味ブラコンだな、と流人は思う。妹として懐《なつ》いてくれるのは結構だが、もうちょっと距離の取り方を考えてほしい。

（あれでも昔は、もうちょっとおしとやかだったんだけどな）

もじもじと、「あたしが大きくなったらお兄ちゃんのお嫁さんにして」と言っていたのを、流人は何となく思い出した。

今なら「お嫁さんになってあげようか？」と、笑いながら言いかねない。

（もう少し慎みとか、落ち着きとか、そういうのを持って欲しい）

どちらかというと大人《おとな》な女性が好みの流人としては、そうしみじみと思うのだった。

それにりおは――

『――新モデル、本日発表』

「うん？」

TV《テレビ》から聞こえた明るい女性の声に、思考を中断された流人はそちらを見やった。

見れば、画面に数人の人間が立たされているのをアナウンサーが紹介している。何かしらのニュース――というか、特集コーナーらしい。

問題は、その特集されてる人間たちに値段がついているということだ。

『家庭でも手が届くお手頃な値段に、性能は従来のものより数段アップ。何より、十代から四十代までの外見を手広く揃《そろ》えています。二一世紀も半ばを過ぎ、人造人間の技術はここまで進みました――』

「ああ、やっぱり〈フェシット〉の宣伝か」

興味なさそうに流人はつぶやいた。

〈フェシット〉。「作った」という意味で、その語源が示すように人工的な人間のことを指す。すなわちロボット、もしくは人造人間である。

人間が今日《こんにち》まで蓄えた知識はついに禁断の領域に踏み出してしまった――と、心ある科学者が嘆いたのは昔のことだ。

どのような生体パーツとしても培養できる〈人工細胞《ハイパーセル》〉、そして人間の頭脳と同様な情報処理を可能とする結晶体〈イデア〉。この二つを手に入れた時、人がもう一つの『人』を生みだそうと考えるのは必然だっただろう。

特に、それまで人工知能といえば主に与えられた情報で処理を行う『特化型人工知能』だったのが、〈イデア〉によって体験から思考を導き出し柔軟な問題処理を行える『汎用人工知能』が作られるようになったのが大きい。

かくして、未知への挑戦は行われる。

特殊金属の人工骨格、特殊バイオメタルによる人工筋肉、食物を分解し動力源と細胞保持の栄養に分けるバイオバッテリー。これらの開発が順調に進んだこともあり、割とあっさり人造人間は完成した。そして〈フェシット〉の通称を得て世間に浸透したのである。

なぜ、流人《りゅうと》がここまで思いを馳《は》せるぐらいに〈フェシット〉の歴史に造詣《ぞうけい》が深いかというと、その方面に携わる研究者だからだ。小さいころからこの辺のうんちくは散々聞かされてきた。だからと言って、自分がその道に進むつもりはないが。

（大体、うちって両親そろって研究してる割には、家に〈フェシット〉が一体もいねぇしな。おかげでそれがどんなもんか未《いま》だによくわからんし）

家の内外にかかわらず、流人が〈フェシット〉を見たことはほとんどない。

そもそも高価なため持っている家庭がレアだ。流人自身も、そんな家庭は片手で数えるぐらいしか見たことがなかったし、それらの家人と特別親しいわけでもなかった。要するに流人は、〈フェシット〉と縁のない人生を歩んでいたのである。

だから彼は歴史は詳しくとも、それが実際にどんなものなのか、各家庭でどういう風に扱われているのかは、ほとんど知らないままでいた。

かろうじて知ってるのは、〈フェシット〉を購入した家庭はそれを自分の家族として扱っていることぐらいだ。

中には子供が生まれないため、代わりにお迎えしている家もあるらしい。

多少たとえがあれだが、ペットを飼うみたいな感覚だろうか。

「ま、この家には〈フェシット〉はいらねぇか」

「何の話、お兄《にい》ちゃん？」

「わざわざ購入しないって話だよ。子供、二人もいるからなぁ」

――たとえ、そのうち一人が血の繋がらない家族でもな。

りおの顔をぼんやり眺めつつ、流人はそんなことを思った。

と、そのりおが顔を赤くして、てれてれと首を振る。

「やだ、お兄ちゃん。そんなにまじまじと見つめられたら照れるってば～」

「アホなこと言うな。それより、制服の方は探さないでいいのか？」

「あ、忘れてた！　もう、ママってばどこに仕舞《しま》ったんだろ！」

りおは残っていたトーストのかけらを口に放り込むと、ガタッ、と席を立った。来た時と同じく慌ててリビングを出て行く。

だから、もう少し落ち着きをだな——流人《りゅうと》はため息を吐《つ》いてから、ふと首をかしげた。

「あれ？　そういえばりおはまだ中学生なんだから、今日は学校に出かける日じゃないよな。始業式は明日だろうし。何で制服探してるんだ？」

まぁ、気にしても仕方ないか。あっさりと疑問を捨てる。興味がないわけではない、帰ってきてからいくらでも聞けばいいと思っただけだ。

それより、自分は早く入学式にいかなければならない。

流人は自分に言い聞かせると、さっさと身支度をすませて家を出た。


実のところ、流人が入学しようとしている高校は、彼が行きたい学校ではなかった。

もう少し遠くの、しかし中学の友人が多い学校に行くつもりだったのだ。

しかし、彼の母親がそれにストップをかける。

「流人、うちの学校の方が安くつくからこっちにしてくんない？」

「はぁ？」

「いや〜、あたしが理事長やってる学校があるでしょ。『〈フェシット〉開発』の団体が経営してるやつ。あれ、〈フェシット〉開発の関係者は教材費なんかをかなり割り引いてくれるから。そっちで決まりということで。よろ～」

「ちょっと待てや、おかん！　勝手に決めるな、おいいい！」

なんだかんだで強引に進路を変えられてしまった――ただ、家に近い上に、関係者なら入試もパスできる学校だったので、流人としても損だけではなかったが。

（費用が割り引かれるぶん、小遣い上げるって約束とりつけたしな）

かくて、流人はここ――『私立ＦＤＧ高等学校』の体育館にいる。

ちなみにＦＤＧとは『Fecit Development Group』の略称で、〈フェシット〉開発団体のことらしい。詳しくは知らないが、父も母もこの組織に所属していて「輝かしい功績を収め続けている（母親・談）」とか。

入学式は非常に退屈だった。校長の挨拶は長いし、そもそも後のクラス分けが流人には楽しみすぎて、式自体はどうでも良かったのである。

入学生に祝辞を述べる生徒会長が女性で、遠目から見てもやや大人《おとな》びて美人なのが、そこそこラッキーなぐらいだ。

何となく周囲を見回そうとしたが、露骨に首を回せないのでよくわからない。ただ、中学時代の友人はまったくこの学校に入ってなかったので、確認できたにせよ見知った顔はないはずだ。

ちゃんと友達できるのか。そんな不安はあるのに、校長の祝辞はまだ続いているのだ。

（早く終われ、早く終われ）

そんなことを一心不乱に念じてたからだろうか。

流人《りゅうと》をちょっとした天罰が襲った。

〇

「ノォオオオオッ！」

声に出しかけて必死に飲み込み、流人は目をみはって体をねじった。

ギュルルル、と腸が鳴る音が体内から聞こえてくる。額に脂汗《あぶらあせ》がにじんだ。

入学式が終わって、クラスごとに教室に案内される段取りとなった。そして先生の指示に従って体育館からそそくさと出た瞬間、急に下腹が痛み出したのだ。

（しまった、カフェオレに使った牛乳、結構消費期限過ぎてた気がするっ！）

死にはしない、と使ってしまったのが運の尽きだったか。

先導する教師に告げることも気が引け、流人はこっそり生徒の列から外れると――何人か不審げにこちらを見たが、構ってはいられなかった――あるものを探した。

幸い、体育館の外にそれはわかりやすく設置されていた。四角い独立した小さな建物。中央には青い男性のマークと赤い女性のマークがある。

すなわちトイレだ。

（すぐに行って、戻ってくれれば何とか！）

うなずき、素早く中に駆け込んだ。

――しばらくお待ちください――

数分後、流人はすっきりとした顔でトイレから出てきた。気分も晴れやか、あらゆるものが新鮮に見える。

が、先ほどの場所に戻ってきた瞬間、爽やかな気持ちはあっという間に崩壊した。

生徒も教師も、一人として残ってないのである。

「あれ、ちょっと待てよ……お、おい、皆《みんな》もう行ってしまったのか⁉」

慌てて周りを見渡すが、ただ春の穏やかな風が吹き抜けるばかりだ。

ちなみに、『私立FDG高等学校』の敷地はかなり広い。

〈フェシット〉関連の特殊技術を学ぶ学科があり、実習や研究用として数種類の特殊校舎を擁しているためだ。体育館、学食、購買の他に生徒が利用できる施設がいくつかあり、高校というより小さな大学といった趣がある。

つまり、初めて入る人間が案内もなしに目的の校舎にたどり着けるような場所ではないのだ。そして流人は案内を失った、この学校に初めて入る人間だった。

（やべぇ、このままじゃ迷子になっちまう）

というか実際にもうなってるのだが。

入学初日で迷子なんて、ある意味レジェンドだ。一年間はこのネタでクラスメートにからかわれるかもしれない。それは避けなければ！

きょろきょろと周りを見渡し、せめてどこかに学校の案内図でもないか探し始めた。

「えっと、えーっと……わっ！」

よそ見しながら走ったからだろうか。途中で、足をもつれさせ、転んでしまう。

「あいつつ」と顔をしかめながら、起き上がったその時。

「……あなた、どうかしたのかしら」

「え？」

声をかけられて、流人《りゅうと》は振り返った。

——より強く、春風が吹いたと感じた。

そこに立っていたのは、長い黒髪をなびかせた少女だった。顔は整って美しく、唇が艶《つや》やかに光っている。髪を押さえる手は、白く細かった。細い目は大人《おとな》びていて——ここで初めて、流人は彼女の素性に思い当たった。

（この人。入学式で挨拶をしていた、生徒会長の……）

考えている間にも少女はこちらに近づき、ふとハンカチを差し出した。

「怪我《けが》、してるわ」

「え？」

転んだ時に頬《ほお》をすりむいたらしい。慌てて受け取って傷口に当てる。

それを見届けてから、少女は小首をかしげてみせた。

「それで、どうしたのかしら。新入生は、もうクラスに移動しているはずだけど？」

「あ、えっと、その、俺……トイレに行ってて」

「はぐれたのね」

「……はい」

「わかったわ。そういうことなら、こっちに来て。私が案内してあげるわ」

「本当ですか⁉」

「ええ、もうここには私以外の生徒も教師もいないもの」

対応こそクールだったが、その口調は柔らかかった。

微笑すら浮かべているその表情に、流人は何だか舞い上がりそうな自分を感じた。

ただ——その笑顔には、どこかぎこちなさも見られる。作り笑いをしているような。

（何だろう、本当は忙しかったりするのかな……それとも、生徒会長とはいえ見ず知らずの新入生と話すのは緊張するのか）

とはいえ、流人としては彼女にすがるしか、教室にたどりつく術《すべ》がない。

何よりこんな綺麗《きれい》な女性と一緒に歩けるのは、正直得だし。

「お願いします」

丁寧に頭を下げると、彼女は再びあの微笑を浮かべた。

生徒会長の少女は、丁寧にも名前を「常磐《ときわ》ルイ」と名乗り、道すがらの時間つぶしに学校の簡単な紹介までしてくれた。流人《りゅうと》も名乗り返し、その説明に耳を傾ける。

「『私立FDG高等学校』は、元々は〈フェシット〉関連の研究者を育てるためにと作られた技術学科の高校なの。最近は普通学科の導入も進んで、他の道へ進む生徒も多く入ってきているのだけれど」

「へぇ」

「最大の特徴は、まず〈フェシット〉技術に携わる技術者縁故の生徒が多いこと。これは身びいきではなく、なるべく同じ道に進む生徒を集めたいという学校の意向なの――〈フェシット〉関係者の子供は、親と職業に就く傾向が強いそうよ」

「そうなんですか」

流人は心の底から感心した。ルイの言葉はわかりやすく、声も聞き取りやすい。さすが生徒会長といったところだろう。

もっとも、自分は技術者の子供でも技術者になるつもりはないのだが――そう思いもしたが、水を差すのはやめておいた。そんなことで、この少女の気分を害したくはない。

代わりに、こちらから質問を向けてみる。

「あの、俺〈フェシット〉に関してそんなに詳しくないんですけど……家族の代わりに迎えてる人が多いって、本当なんですか？」

「それは……そうね。家庭での購入者の目的の八割はそうと言われているわ」

「じゃあ、やっぱりこういう学校にも、〈フェシット〉って通ってるんですか？」

「ええ。学校に通う〈フェシット〉はいるわ。特に十代モデルは売れ行きがいいから、それを学校に通わせたがる家庭も多いみたいね……実のところ、この学校の特色の一つに、〈フェシット〉の受け入れ態勢が進んでいるというものがあるの」

「受け入れ態勢が進んでいる？　どういう意味ですか？」

「〈フェシット〉は歳《とし》を取らない。だから、高校に通えるのは、十代半ばから後半ぐらいのモデルの〈フェシット〉なの。でも、この学校では〈フェシット〉であるなら、設定年齢に関係なく入ることもできる。極端な話、高齢者モデルでも入れるわ」

「来る者拒まないんですね。じゃあクラスにお年寄りがいたら〈フェシット〉と思って間違いないんですか」

「ええ。もっとも、そんなケースはレア中のレアだけど……とにかく、この柔軟な姿勢のため、この学校は〈フェシット〉の数も多い。普通の学校だと数人と言われているけど、ここではその約一〇倍もの人数がいるという話よ」

「じゃあ数十人いることになるんだ。それはすごいですね！」

素直に感心した。今までの学校で〈フェシット〉の生徒に出会ったことはなかったが、ここなら出会うことがあるかもしれない。少し楽しみかも。

と、その心を読んだかのように、ルイが釘《くぎ》をさした。

「ただし、〈フェシット〉に会っても正確にそうとわかるかどうかは不明だけど」

「どうしてです？」

「〈フェシット〉に素性を伏せさせて、通学させている家庭も多いから。学校側も、その希望に添う形で〈フェシット〉の生徒を扱っているしね」

「え、何でそんなことを？」

流人《りゅうと》はつぶやいたが、ルイは答えなかった。

代わりに足を止め、通りかかったテニスコートを見つめる。誰かが放置したのだろうか、ボールとラケットが寄り添うように置かれていた。

「あなた、兄弟っている？」

流人は首を傾《かし》げた。唐突な質問よりも、それを口にするルイがどこか悲しそうな顔をしていることに驚いたのだ。

それはルイ自身も同じなようで、首を振って表情を戻した。

「ごめんなさい、急に変な質問をしたわ」

「いますよ、兄弟」

「え？」

「妹ですし……その、義理なんですけど」

その言葉に、予想以上にルイがまじまじと見てきた。

流人はどこか照れくさく感じながら、手を振って話を続ける。

「俺が五歳の時に、両親が連れてきたんです。親友の娘だから、しばらく預かるって」

「そうだったの……」

「でも、たとえ義理だろうと家族は家族だから。俺もあいつを大切にしてきたつもりです。ただ、予想以上にやんちゃに育ったんで、今はそれが心配で」

「どうして？」

「ちゃんとした淑女にして返さないと、本当の両親に悪いじゃないですか」

「確かに」

ルイは感心したように言った。同時に、少し複雑そうな顔もする。

「あなたは、妹さんが自分から離れていく時のことも考えてるのね」

「お預かりしてる娘さんですから。ただ、いつもべったりで、俺から離れてくれる気配がないのも心配で……」

「それだけ、慕われてるということよ」

そう言ってから、ふと彼女はぼそりと付け足した。

「でも、だからこそ。私はあなたに嫉妬を覚えるわ」

「え？」

「いえ、何でもない……大切にすることね、その妹さんを」

「は、はぁ」

その声に、どこか冷たいものを感じて、流人《りゅうと》は肩をすくめるのだった。

ほどなくして二人は目的地、すなわち新一年生の教室がある教室棟へとやってきた。ルイが、白い手を向ける。

「ここよ。後は中に入れば、教室の上にクラスのプレートが貼ってあるわ」

「どうも、お世話になりました！」

「構わないわ」

ルイはそう言うと、ふと柔らかい微笑を浮かべてみせた。

そのまま流人の頭に手を乗せる。

「頑張ってね、新入生さん」

「あ……」

そして、ルイは立ち去った。流人はそれを見送りながら、頭をなでられたことに少しだ

け頬《ほお》が熱くなるような気持ちでいた。

（美人な先輩に、あんなに優しくしてもらえるなんて……）

嬉《うれ》しいが、男の身としてはちょっと照れくさい。

何となく立ちすくんでいると、ふと重要なことを思いだす。

「しまった、ハンカチ！」

渡されてから、返していない。でもルイはとっくに姿を消してしまっている。教室にも早く行かなければならないだろう。

いつか返そうと胸に固く誓い、流人《りゅうと》は教室へと向かった。

〇

自分のクラス、『一D』の教室はすぐに見つかった。

こっそり扉を開けると、中は生徒の活気のある声で騒がしいものの、教師の姿は見つからない。様子をうかがっていると、近くにいるチャラそうな男が声をかけてきた。

「よう、あんた迷子になったらしいな。トイレに行くところ、ばっちり見てたぜ。入学早々伝説じゃん」

「なんだよ、唐突に……というか、どちら様？」

「ふふふ、よくぞ聞いてくれた！　おれの名は天同寺修司《てんどうじしゅうじ》！　この学校でいずれビッグになる男だ。まぁ仲良くしてやってくれ、レジェンド！」

「テンション高い奴《やつ》だな……というか、レジェンドって呼ぶな」

それだけは避けたかったのに。流人は口を尖《とが》らせたが、不思議と怒る気にはなれなかった。修司と名乗るこの男子とは、何となく仲良くなれそうな気がしたからだ。

肩をすくめてから、改めて教室を見回しつつ彼に尋ねる。

「それで、今教室はどうなってるんだよ。先生は？」

「安心しろ、今は待機中で先生は外に出ている。必要なプリントとかを持ってくるらしい」

「ふー、助かった……じゃあ滑り込みセーフだな」

「セーフかどうかは微妙だけどな。先生も、お前がいないことにしっかり気づいていたぞ」

「げっ、マジかよ。こりゃ、入学早々怒られるかなぁ」

がっくりうなだれていると、隣から明るい声が割り込んできた。

「あはは。本当、人に説教するわりにはそそっかしいよね、お兄《にい》ちゃんって」

「うるさいな、りお。大体、お前は……」

そこで。

流人は愕然《がくぜん》として、目をみはった。

りお、だって？

恐る恐る、からかうような声の方を見る。そこには確かに妹の姿があって、しかもその体は入学したてのこの学校の制服に包まれてた。

机に——本当に机の『上』に——座ったまま、手をひらひらと振ってくる。

「待ってたよ、お兄《にい》ちゃん。遅いから心配しちゃった」

「り、りりりりり、りお！　どうしてここに⁉」

「どうしても何も、あたしも今日からここの生徒だもん」

「いや何言ってるんだ。お前まだ中三だろう！」

思わず詰め寄る流人《りゅうと》だったが、りおは気にしないように机から飛び降りて言った。

「やだなぁ、お兄ちゃん。この学校はそういうのパスなんだよ。年齢に関係なく、入ることができるって知らないの？」

「馬鹿たれ、それはさっき俺も聞いた！　でも、それが可能なのはあくまで〈フェシット〉だろうが！」

「だからさ、あたし〈フェシット〉じゃん」

「……はい？」

何言ってるんだ、こいつ。

流人が呆然《ぼうぜん》としていると、妹は拳を宙に突き出し、可愛《かわい》らしく言った。

「ワイヤードパンチ♪」

　バシュッ、と音を立てて射出される。

　りおの右手が。

　金属のワイヤーでつながれたそれは、天井に触れてから、素早く彼女の腕の断面――なめらかで綺麗《きれい》な金属でコーティングされている――に戻って装着される。

　にぎにぎ、と手を動かしながらりおは笑った。

「信じてくれた？」

「は、はぁあああああああ!?」

　脳が情報を処理しきれなくなり、流人は叫ぶのだった。

第二話　〈フェシット〉の世話係

「どういうことだ、これは！」

入学式の、すべての予定が終了した後。

流人《りゅうと》は教室を出るや否や、通りすがりの先生に尋ね、別棟にある理事長室に駆け込んだ。

彼の後ろではりおが、「やは〜」と手を振っている。相手は当然ながらこの部屋の主で、『私立FDG高等学校』の理事長——すなわち二人の母親だ。名前を「麗《れい》」と言う。

ウェーブのかかった髪に、幼い顔立ちは下手《へた》すれば二十代どころか学生でも通じる。つややかな唇を開き、麗は面白そうな顔をして流人を見てきた。

「どしたの、流人。いきなり部屋に飛び込んできて。そんなにママに会いたかった？」

「ざけんな！　そんなことより、これはどういうことか説明しろって言ってるんだ！」

「これってどれ？」

「だーかーらー、りおのことだよ！　〈フェシット〉だったなんて聞いてねぇぞ！　親友の娘じゃなかったのか!?」

「あははは、その嘘《うそ》まだ信じてくれてたんだ。ウケる～」

「んがっ」

無慈悲な回答に、流人は言葉も出なくなった。

今まで割と本気で信じて、本当の両親に返す時に恥ずかしくない淑女にしようと頑張ってきたのに——効果はなかったが——それが嘘？

「……何でそんな嘘をついたんだ」

「当時のあんた子供だったでしょ。〈フェシット〉って正直に話したら、色々と身構えてしまうかなと思ったの。あたしはりおに、ちゃんと兄として接して欲しかったのよね……それに」

「それに？」

「真っ正直に嘘を信じるあんた、見ていて面白可愛《かわい》かったし☆」

「おい！」

てへぺろと舌を出す母親に、思わず叫ぶ流人。

と、りおが後ろから脳天気な声を上げた。

「お兄《にい》ちゃん、純真だからねー」

「からかうなよ、りお。大体、お前もお前でおかしいじゃねぇか」

「へ、何が？」

「だってお前、昔は小さかっただろ。でも、今は歳相応《としそうおう》に大きくなってる」

「うん、胸とか特にね。揉《も》んでみる？」

「だから、からかうなって！　そうじゃなくて、何で〈フェシット〉が人間みたいに成長してるんだよ。それじゃ人間だと思い込むのも当たり前だ。嘘《うそ》だって気づけないって！」

りおが成長していなければ、〈フェシット〉と見破れたかもしれない。

その意図を含んでの流人《りゅうと》の指摘だったが、この疑問には麗《れい》が真面目《まじめ》な顔で答えた。

「まぁ、そうね。りおは特殊な〈フェシット〉だから」

「特殊な〈フェシット〉？」

「そ。りおはね、〈特一級人造人間《エクストラ・フェシット》〉計画で造られたのよ」

「エクス……何だ、そりゃ」

「簡単に言うと、超高性能かつ人間に近い〈フェシット〉を造ろうという計画。性能の方は、まあぶっちゃけ予算つぎ込めばいくらでも高められるんだけど、人間に近いっていうのはこれがなかなか難しくてね」

「何でだよ」

「〈フェシット〉に使っている情報処理結晶体〈イデア〉は、人間の感情に近いものを生み出せるけど完全ではないの。大半がプログラムによる情報《データ》だからね。経験から導かれる情緒を得るには、人間と同じように生活してもらうしかない」

「えっと、それってつまり……」

「そう、より人間に近い個体を造るには、人間とほとんど変わらない人生を送ってもらうしかないわけ。そこで、その実験台としてりおが造られて、我が家で育てることにしたの……ちなみにボディは定期的に取り替えてたのよ。体にも変化を及ぼさないと、人間と同じような経験を得られるとは思えないからね」

そういえば、時々りおは入院していたと流人《りゅうと》は思い出す。

あれって、その時にボディを替えてたのか。

「確かに、退院ごとにちょっと体が大きくなってるなぁ、とか思ってたけど」

「……欺《あざむ》いてた立場で言うのも何だけど、流人、ちょっとは変と思わなかったの？」

「しょうがないだろう、そうかなぁって思う程度だったし。大体、女性に体のこと聞くのってセクハラだし」

「お兄《にい》ちゃんってば、そこまで配慮してくれてたんだ。紳士的～」

嬉《うれ》しそうに笑うりお。どうも素直に褒められた気がせず、流人はふてくされた。

ふてくされながら、つい最近もりおは入院していたな、と思い出す。あれでまた体を大きくしたのだろう。そういえば、胸が極端に大きくなったような。

「まぁ、とりあえずりおが〈フェシット〉であるってのは納得した。正直早く言ってくれよって気分だけどな……それで、何で飛び級させてまで、この学校に入れたんだ？」

「そりゃ、なるべく早い感じで実験進めたいし。だったらいっそ、あんたと一緒にこの学校に入れた方が、色々と環境変わるから刺激になると思ったのよ。ここには数十人も〈フェシット〉がいるという実績もあるから、いざという時トラブルにも対応しやすいしね」

どこか軽い口調で言ってから、麗《れい》はにんまりと笑って流人を見た。

「そういうわけで、家だけでなくこの学園内でも流人がりおの面倒見なさい」

「はぁ!? 何で俺が！」

「お兄ちゃんでしょ。そのために理事長権限でわざわざクラスも同じにしたんだから」

「そんな……俺に四六時中りおを見張ってろって言うのかよ」

自分だって、やりたいことがあるのに。

流人はふと、ルイの顔を思い出す。彼女にはハンカチを返すだけでなく、色々と話もしてみたかった。りおにばかりかまけていられない。

そうは思ったが、一度事情を知ったからには知らんぷりすることもできなかった。

何しろ、自分はりおの——血は繋《つな》がってなくても——兄なのだ。

「わかった、できるだけ目をかける」

「やったぁ、じゃあお兄ちゃんとずっと一緒だね！　後でデート行こ、お兄ちゃん！」

「そこまでべったりする気はねぇよ！　お前も少しは自立してくれ！」

腕に抱きついてくるりおに、流人は白い目を向けて言う。

ふと、麗《れい》がくすりと笑ってから言った。

「それじゃ、後はよろしくね。お二人さん」

「「はーい」」

片や元気に、片やふてくされて答える二人は、母の目が何かを見極めるかのように光ったことに気づいていなかった。

○

翌日。

流人《りゅうと》は寝ぼけた頭を抱えながら、昨日と同じように食パンをもそもそと囓《かじ》っていた。

昨夜、色々と思案した。りおの面倒の見方である。

よくよく考えれば、流人は〈フェシット〉のことなど知らない。どう面倒見ればいいのかわからないが、それなりに気を遣う必要はあるだろう。そのことに頭を悩ました結果、ほとんど寝ずに一夜を明かしたのだ。

そのおかげで、ある程度の方針は固まったが。

ばんっ！

「お兄《にい》ちゃん……あれ、何で身構えてるの？」

「いや、今日はちゃんと制服着てるんだな。安心した」

「んもう、あれはママが仕舞《しま》ったからだもん。そうそう無くしものなんかしないよ！」

「そりゃ結構なこった。で、慌ててどうしたんだ？」

「あたしのぬいぐるみ知らない!?」

「知るわけあるかぁ！」

というか、そうそう無くしものなんてしないんじゃなかったのか。

あと、ぬいぐるみなんか見つけてどうするつもりだ。まさか学校に持っていくのか。

色々な疑問が流人の頭をかすめたが、りおは大真面目《おおまじめ》に困ってるようで、頭を掻《か》きながらつぶやいた。

「うーん、確かにどこかに置いたんだけどなぁ。お兄ちゃん見なかった？　ハリネズミの形していて、スマホぐらいのリイズのやつ」

「いや、見てねぇよ……というか結構大きいな!?」

てっきりキーホルダーについてるピンポン球ぐらいのサイズのかと思ってたので、流人は呆《あき》れてしまった。そんな大きなもの、鞄《かばん》にでもつけて持っていくつもりだろうか。

りおは周囲をきょろきょろと見回し、やがて「うーん、うーん」とうなりながらリビングを出て行った。

再び、ばんっ、とドアが閉まる。またもや静かな朝が壊されたわけだ。

流人《りゅうと》はため息を吐《つ》くと、

「しばらく時間かかりそうだし、俺は先に行くか」

昨日と同じように、さっさと身支度を整えた。

教室棟についてから、流人はトイレに立ち寄ると、ふと鞄《かばん》からスマホを取り出してメモに目を通した。

昨夜調べた〈フェシット〉に関する知識を、おさらいしておこうと思ったのだ。ちゃんと教えなければ、りおは自分の言うことを聞いてはくれないだろう。

〈とりあえず、あいつには注意しておかないとな。自分が〈フェシット〉であることはあまりオープンにはするなって〉

色々とネット情報を仕入れて、まず思い至ったのがそこだった。

意外にというか、当然というか、世間では〈フェシット〉のことを奇異の目でじろじろ見る者が多い――らしい。何でも、いじめに遭う〈フェシット〉もいるのだとか。

人間そっくりなのに、人間とは異なる存在。それにある種の好奇心と、恐怖を感じる者が多いのは当然とも言える。だから学校に通ってる〈フェシット〉のほとんどが、自分の素性は隠しているのだという。

『〈フェシット〉に素性を伏せさせて、通学させている家庭も多いから。学校側も、その希望に添う形で〈フェシット〉の生徒を扱っているしね』

ふと、ルイの言葉が、頭に蘇《よみがえ》った。あれは、こういう事情があったからなのだ。

（ま、この辺のことを説明して、いじめの可能性があると言い聞かせれば、りおも自分から〈フェシット〉を名乗ることはないだろ）

後は、名字が自分と同じなのは従姉妹《いとこ》とでもごまかそう——そう決めて一つうなずき、流人は改めて教室へと向かった。

ガラッ。

「へー、りおちゃんって〈フェシット〉なんだ！　すごーい！」

「えへへー！」

教室の扉を開いた流人は、その場でコケそうになった。

見ればクラスメートの女子が数人たむろして、その真ん中でりおが笑っている。右手を掲げると、「ワイヤードパンチ！」と昨日流人に見せてくれた機能を披露した。

女子たちに限らず、教室のいたるところからパチパチと拍手が鳴る。すっかり注目の的だ。もちろん、流人にすればとんでもなかった。

「り、りり、りお！　何やってるんだ!?」

「あ、遅いよお兄《にい》ちゃん。どこ行ってたの？　見て見て、あたし友達できたんだよ！」

「そりゃ結構なことだけどさ……お前、〈フェシット〉であることがバレたらいじめに遭うかもしれないんだぞ」

そう言ってさっきまでおさらいしていたことを説明する。

だが、りおは平然と首を傾《かし》げるだけだった。

「でも、ママはバラしてもいいって言ってたけど」

「へ、そうなのか？」

「うん。この学校、〈フェシット〉の技術者の縁故者がほとんどだから、〈フェシット〉にも理解あるし、いじめとかはないんだって。だから、結構正体バラしてる〈フェシット〉もいるみたいだよ」

「マジか」

「うむ。おれの把握している限りでも、一Aと一Cにも一人ずつ〈フェシット〉の女の子がいて、自分が〈フェシット〉であることをカミングアウトしてるみたいだな」

いつの間にか会話に参加してきたのは修司《しゅうじ》だった。

流人《りゅうと》はジト目でそちらを見る。

「お前、いつの間にそんな情報仕入れたんだ？　学校始まったの今日だぞ」

「さっきから聞き込みして、色々な可愛《かわい》い女の子のデータは揃《そろ》えたんだよ。ほら、善は急げって言うだろう？　俺はこの学校でビッグになる男だしな！」

「何が善で、どうビッグになるつもりだ」

だが、その話が本当なら、〈フェシット〉であることはそこまで秘密にしなくていいのかもしれない。少なくともこの学校では。

「でも、秘密にしている家庭だってあるって聞いたけどな」

「それは、家庭によっては〈フェシット〉を通わせていることを秘匿《ひとく》したいところもあるからです。世間体《せけんてい》などが絡んでくるので」

「ふぅん……って、あれ。えっと、君は？」

「すみません、口を挟んでしまって。私、上南美奈《かみなみな》って言います。よろしくお願いします」

ぺこりと頭を下げたのは、可憐《かれん》な少女だった。

綺麗《きれい》に整った顔立ちに、少し気が弱そうだが柔和な表情を浮かべている。背まで届く絹糸のような髪は陽光を受けて輝き、ルイとはタイプは違うがかなりの美少女だ。

すでに彼女に目をつけていたのだろう、生徒の何人かが「ほう」と感嘆の息を吐《つ》いた。

それも気にせず、美奈は言葉を続ける。

「学校に通ってる〈フェシット〉は、つまり事情があって通わされていることも多いんです。主に購入した家庭が、自分の思い通りに人格が育てられない場合、〈フェシット〉に情操教育を受けさせるために通わせるんです」

「なるほど。つまり学校に通ってる〈フェシット〉は問題児の可能性もあるのか」

「ちょっと、お兄《にい》ちゃん、何でこっち見ながら言うの！」

りおが口を尖《とが》らせた。が、それを無視すると、流人《りゅうと》は首をかしげて言った。

「それにしてもよく知ってるな。上南《かみな》も、〈フェシット〉関係の家生まれなのか？」

「えっと、私は……」

「おいおい、知らないのか流人。『上南』と言えば、〈フェシット〉製造で有名な『上南財閥』を指すぞ。おれが見たところ、この美奈《みな》ちゃんはそこのお嬢様ってところだな」

「え、ええ、まぁ……はい」

恐縮しながらうなずく美奈に、周囲が再び息を呑《の》んだ。

流人も、名前だけなら知っている。『上南』はかなり大手の企業だ。国内の〈フェシット〉の七割はこの企業傘下のメーカーが造っているとか。ひょっとしたら、りおのパーツにも上南製のものが使われているかもしれない。

「それだけの名家のお嬢さまがこんな学校に？　いや、この学校がすげぇのか」

素直に感心していると、ふと美奈が顔を伏せる。

「いえ、私なんて……別に、そんなものでは」

「……？」

自己評価が低いのかな、と思ってると、ふと修司《しゅうじ》がうなずきながらつぶやいた。

「しかしさぁ、数十人の〈フェシット〉がいるって触れ込みも、伊達《だて》じゃないみたいだな。こんなに関係者がいっぱいいるし！　りおちゃんも〈フェシット〉だし！」

「ああ」

「ついでに言うと、おれも〈フェシット〉だしな！」

「ああ………はぁ!?」

愕然《がくぜん》とする流人に、修司はにやりと笑ってみせると、不意に片腕を上げて叫んだ。

「みんな聞いてくれ！　おれも〈フェシット〉だ！　ただ、普通の〈フェシット〉で終わるつもりはない！　この学園でビッグなことを成し遂げる〈フェシット〉になるぞ！」

その言葉に、教室の至るところから「おお！」「〈フェシット〉!?　え、マジで！」「全然見えない！」などとざわめきが聞こえてくる。

修司はにんまり笑うと、Vサインを掲げてみせた。

「そういうわけで応援よろしく！　あと、彼女募集中でーす！」

「……すごいです、こんな自己主張の激しい〈フェシット〉は初めて見たかもしれません」

「え、そうなのか？」

美奈が唖然《あぜん》としてつぶやいたが、流人にすればりおを見る限りそこまで例外的とは思えない。それとも、この二人が規格外なのだろうか。

「へー、そっちも〈フェシット〉だったんだ！　メンテナンス用リモコン持ってる!?」

「あるさ！　ただしおれは旧式だから、自分から取り外しできないんだがな……ほら！」

「わー、すごーい！　ケーブルついてる！　外せないー！　旅館のマッサージ機みたい！」

「ふふん、色々いじってもいいんだぜ?」

意気投合したのか、りおと修司《しゅうじ》はわいわいと〈フェシット〉トークを続けている。修司の背中からのびたケーブル付きリモコンを、りおがきゃっきゃといじっていた。

それを見て「ああ、修司も本当に〈フェシット〉だったんだ」「というか、〈フェシット〉ってリモコンついてるのか……」などと思いつつ、流人《りゅうと》はふと脱力感に苛《さいな》まれた。

「結局徹夜までして〈フェシット〉について調べたのに、何の役にも立たなかったな……うん?」

と、視線を感じて振り返る。

髪がボサボサな少年がこちらを見ていた。クラスメートだが、流人にはまだ面識がない。

ぷい、とそっぽを向く。そのつり上がった目が自分を——というより、自分の肩越しにりおと修司をにらんでいた気がして、流人はいぶかしげに首をかしげた。

その晩、流人はりおに招かれ、久しぶりに妹の部屋に入っていた。

とは言っても、特別変わったものはない。ごく普通の年頃の女の子らしく、勉強机とドレッサー、小さな本棚、針金をぐるぐる巻いたような何かよくわからないインテリアに、大きなクッションがある。それにベッドの上にぬいぐるみなどが鎮座していた。

そしてりおはベッドの上に腰掛けて、ごそごそとぬいぐるみを探っていた。

「何だよりお、人を呼び出して」

「ああ、待ってお兄《にい》ちゃん……あったあった」

そう言って彼女が取り出したのは、手のひらサイズのハリネズミのぬいぐるみだ。今朝《けさ》探していたものらしい。それを流人に手渡す。

「はい、これ。お兄ちゃんに持っていてほしいの」

「はぁ？　何で俺がこんなもの……」

「それね、私のリモコンなんだよ」

「何ですと？」

そういえば、修司も何かリモコンらしきものをつけていたが。りおにもついているのか。

流人が目をぱちくりさせていると、りおは彼の手の上でハリネズミのおなかの部分に細い指を乗せた。マジックテープを外してめくると、そこにスマホのような画面が現れる。

すい、すいと操作すると、やがていくつかの文字列が現れた。

「え、何だこれ？　『内部メンテナンスモード』『独立操作モード』……他にもいくつかあるようだが」

「簡単に言うと、それ使ってある程度〈フェシット〉を操作したり、状態を調べたりできるの。まぁ、テレビのリモコンみたいな感じ？」

「感じ？　って言われても……」

「お兄《にい》ちゃんはあたしの面倒見るんでしょ。だから、それで定期的にあたしをメンテナンスして」

流人《りゅうと》は軽くめまいを起こした。

リモコンで、りおの体に干渉が可能だと？

（本当かよ？）

試しに、『内部メンテナンスモード』と書かれた項目をタップする。

と、りおが身をよじって笑い始めた。

「ひゃ、ははは、ちょっと、お兄ちゃん、そんないきなり、ダメぇ！」

「お、お？」

「それ、体の人工筋肉とかに、んっ、電気流して、動作テストするやつなんだけど、ああんっ、あたしくすぐったく感じて……あ、やぁ、んんっ！」

つまり、マッサージみたいなものなのだろう。りおの声にどこか艶っぽいものが混じりはじめて、流人は慌ててもう一度項目をタップした。

どうやら停止の手順はそれで良かったらしく、りおはぐったりとベッドに横たわる。

「んもう、セクハラだよお兄ちゃん！　セ・ク・ハ・ラ！　お兄ちゃんじゃなきゃ許してないからね！」

「し、知らなかったんだから勘弁しろよ！」

動揺しながらも、流人《りゅうと》は自分でも想像以上のショックを受けていることに気づいた。

今まさに、リモコンを使ってりおの体内をいじってしまったのだ。人間が、人間の体を自由にするのには禁忌を感じる——いや、りおは人間ではないのだが。

「何か、やっぱり実感わかねぇな」

「何が？」

「お前が〈フェシット〉だって……だって、どこから見ても人間だし」

「うん……」

その時、りおが悲しそうな顔をしたと、流人は思った。

彼女はそのまま流人の手をつかむと、自分の頬《ほお》に手のひらを当ててみせる。

「りお？」

「ほら、お兄《にい》ちゃん。わかる？　あたしの体、ちゃんとあったかいでしょ」

「あ、ああ」

「体の中は機械部分も多いけど、皮膚とか髪とかは人工細胞でできているの。あたしたちはね、半分は生きてるんだよ」

「そう、か……」

つぶやきながら、流人はりおが何を伝えたいのかわからずにいた。

いや、何となくはわかる。自分たちも人間と同じだと言いたいのだろう。

ただ——その気持ちを流人は想像できない。彼は人間であり、〈フェシット〉ではないからだ。人間とは違う者の気持ちを、わかると傲慢《ごうまん》には言えない。

だから、彼に言えることといえば、結局は一つだった。

「まぁ、〈フェシット〉だろうが人間だろうが、お前が騒がしい妹であることには代わりねぇからな。今まで通り兄としてちゃんと面倒見てやるぜ」

「えー、今まで通りなのはちょっとどうかなぁ」

「そこ、不満なのかよ!?」

自分でも割とパーフェクトの回答だと思ったのだが。

だが、りおはうっとりと目を閉じると、夢見る少女の顔でつぶやいた。

「あのね、〈フェシット〉は人間そっくりに造ってあるの……だからね、やろうと思えばできるんだよ」

「何を？」

「エッチなこと」

「ぶふっ！」

「お兄ちゃんもお年頃じゃん。色々と体験してみたいでしょ……ほら、あたしなら実の妹どころか人間でもないし、心おきなく手を出せるよぉ？」

「や、ややや、やめろや！」

からかわれてると思った流人《りゅうと》は、慌てて妹を引き離した。

と、思いついてリモコンを取り出し、『内部メンテナンスモード』をオンにする。

先ほどと同じく、りおがくすぐったそうに「ふにゃあああ!?」と声を上げた。

「お、これいいな。今度からお前が何かしでかしたらこれで制止しよう」

「ちょ、ちょっとぉ、お兄《にい》ちゃんドS入ってない？　にゃ、にゃあああ……」

「ふふふ、これも兄としての務めだ、許せ」

言いながらも、もだえるりおを見ていると、何となく気分が高揚してくる流人だった。

「それで、そんなもの持ち歩いてるのか」

「ああ、ちょっと恥ずかしいけどな……」

休み時間、学校の教室にて。

修司《しゅうじ》に問われ、流人は手にしたハリネズミのぬいぐるみを見つめた。

言うまでもなく、昨晩りおから預かった彼女のリモコンである。

いつでもりおを制止できるようにと常に携帯することにしたのだが、冷静に考えると男がハリネズミの可愛《かわい》らしいぬいぐるみを持ち歩くのは、少し抵抗があった。

修司はそんな彼の肩を、楽しそうにバシバシと叩《たた》く。

「まぁ、いいじゃないか。リモコン預けてもらえるなんて、りおちゃんによっぽど慕われてるんだよ、流人」

「いや、一応所有者の身内だし、面倒見るために持たされてるだけだと思うぜ」

「それが、そうでもないんだな。〈フェシット〉の間じゃ、リモコンを渡すということはその人間に対する信頼の証《あかし》でもあるんだ。何しろ自分の体に干渉できるものだから、下手《へた》な相手には渡せないだろう？」

「へー、そうなのか？」

確かに〈フェシット〉である修司が言うならそうなのだろう。彼のリモコンは体に繋《つな》がってるので、誰にも渡せそうにないが。

「しかしいいよな、りおちゃんみたいな可愛い子が妹なんて。おれもあんな彼女欲しい……はっ、『お義兄《にい》さん』！」

「そんな『いいこと思いついた！』みたいに言われてもなぁ。とりあえずそのつもりがあるなら、りおに告白でもしてこいよ」

「よっしゃぁ！」

気合いを入れて、修司はクラスメートと談笑しているりおのところへ向かった。

一言二言と話してから帰ってくる。

「ううっ、ダメでしたぁ！」

「お前のそういうアグレッシブなところ、ちょっと尊敬するよ」

本心から告げる流人《りゅうと》。何しろ自分はまだ、恩を受けた女性にハンカチも返してないのだ。

と、流人は思いついて尋ねてみる。

「なぁ、修司《しゅうじ》。生徒会長の常盤《ときわ》ルイ先輩って知ってるか」

「お、お目が高いねぇ。すでに俺のデータベースに入れてあるぜ」

言いながら、修司は懐からメモ帳を取り出した。そのままページをめくって、書き込んだ文字を調べていく。実にアナログだ。

――人造人間とは。流人はつぶやいた。

「……あったあった。『常盤ルイ』、クラス『三A』。この学校には二年生の春に転入してきたが、あっという間に信頼を得て、後期の生徒会長に選ばれた。そしてそのまま、今年度前期も生徒会長に選ばれ就任している」

「へー、すごいな。よっぽど優秀なんだろうな」

「ああ、成績は常に学年トップクラス、運動神経も抜群。さらに実家は上南《かみな》財閥ほどではないが、それなりに実績を収めている常盤グループだ。まさに高嶺《たかね》の花《はな》だな」

「うへぇ、それじゃもう付き合ってる人がいてもおかしくないんじゃないか?」

「それが、そうでもないんだ。彼女スペックは優秀だが、性格に難ありでな……常に周りを寄せ付けない、クールな態度で押し通している。簡単に言えば無愛想《ぶあいそう》なんだ。人に親しく語りかけることもないらしい。冷徹と評する奴《やつ》もいるそうだ」

「え？」

それは違うと流人は思った。

入学式の時、自分を救ってくれたルイは優しい表情をしていた。

確かに愛想が良かったとは言いがたいが、少なくとも冷徹ではない。

（それに、急に悲しそうな顔をして……）

彼女は言ったのだ。妹さんを大切にしなさい、と。

あれはどういう意味なのかと、流人はずっと気になっていた。

——やはりもう一度、ルイに会いたい。会って話がしてみたい。

流人はポケットの中で、あのハンカチに触れながら思った。

とりあえず教室はわかったんだから、次は——

「ちょっとお兄《にい》ちゃん」

「うおっ、何だりお？　突然こっちに来て」

「今、誰か女の人に会おうと考えてたでしょ？」

「心でも読めるのか、お前……俺はただ、返しそびれたものを返そうと思っただけだ」

「ふーん？　本当に？　それだけ？」

頬《ほお》を膨らませて、じろじろと見てくるりお。

どうやら、知らない女性に会おうとする流人にやきもちを焼いてるらしい。それはそれで可愛《かわい》らしいものだが、少しは兄離れして欲しいと流人《りゅうと》は思った。

とりあえずたしなめようと、口を開きかけたその時。

「はっ、〈フェシット〉と人間が兄妹《きょうだい》ごっことは。恐れ多いことだなぁ？」

「え？」

背後から厳しい声が投げられた。

振り返ると、ボサボサ髪の少年が立っている。

一体誰だっけ——と考える前に、流人の頭には昨日の映像が浮かんでいた。りおと修司《しゅうじ》をにらみつけていたクラスメートの一人。その後の自己紹介の時間で聞いた名前は、『鳴《なる》滝《たき》アキラ』だったか。

間近で見る顔は、無愛想《ぶあいそう》を通り越して陰気な表情をしている。目線は切れるナイフのように鋭い。そしてその鋭さは、今は流人に向けられていた。

「おい、貴様」

「何だよ？」

「〈フェシット〉は人間が造った人形だろう。そんなものと仲良くしてどうする」

「いや、でも……こいつは俺の妹だし」

「だから、わざわざ『お兄《にい》ちゃん』してやってるのか。感動的だな」

明らかに馬鹿にしたように肩をすくめる。

これにはさすがに流人もむっとしたが、りおが動くのが先だった。

流人をかばうように立つと、少年をにらみつける。

「ちょっと、いきなり何なのよ！　喧嘩《けんか》売る気なら……」

そして、何かに気づいたかのように、目を瞬《またた》かせる。

「あれ、あなたひょっとして……」

「いいか、俺は貴様らみたいな脳天気な奴《やつ》らを見てると虫唾《むしず》が走るんだ！　人間と〈フェシット〉がつるむな！」

一方的に言うと、アキラは自分の席へと戻っていった。

唖然《あぜん》とした表情で流人はそれを見送った。この学園の生徒は〈フェシット〉への理解があるとりおは言っていたし、クラスメートもりおや修司と仲良くしているようだったから安心していたが、何ごとにも例外はあるらしい。

修司も同じことを考えたのか、顔をしかめながらつぶやいた。

「あいつ、きっと〈フェシット〉が嫌いなんだな。それにしても嫌な奴だ」

「う、うん」

りおもうなずいたが、その声にはどこか疑問が含まれているようだった。

第三話 〈フェシット〉の生徒たち

数日経《た》って、流人《りゅうと》もクラスメートとなじんできた。

修司《しゅうじ》を始め、男子生徒を中心に軽口を叩《たた》けるようになっている。自分のコミュ力もなかなかのものだな、と内心鼻高々であった。

妹の姿を見なければ。

「でさぁ、今月発売の新モデル見ちゃって！　ほら、ワイヤー可愛《かわい》くない？」

「わー、可愛い。りおちゃん、きっと似合うよ」

「発射速度が速いのもいいね」

「でしょう!?　ああ、こうなるならママにもうちょっと後でワイヤードパンチつけてもらえばよかったよ！」

二人ほど女子生徒を連れて、りおはスマホの画面を見せながら笑っていた。

何でも、ワイヤードパンチ——りおのワイヤー付きのロケットパンチのことだ——の新モデルが出たので、カタログを見ているらしい。

（ワイヤードパンチって、そんな女子高生が買うスマホみたいなノリで流行《はや》ってるのか？）

流人はそんなことを思ったが、注目すべきはそこではないと考え直した。

りおが連れてるのは同じ〈ノェシット〉を公言している女子生徒であり、他所《よそ》のクラスの生徒なのだ。

わざわざ違うクラスまで行って〈フェシット〉仲間を集め、友達にしたのだという。

しかも。

「お、りお。なかなか面白そうじゃん」

「でしょ。いっちゃんもワイヤードパンチつけれたらいいのにねぇ」

「ダメダメ、腕切断することになるわ」

「いいんじゃない、あんた最近腕たるんできたって言ってたじゃん」

「あ、ひど！　やるんだったら一蓮托生《いちれんたくしょう》だ、あんたにもつけさせてやる～！」

そんなやりとりをして笑ったのは、クラスメートの人間女子、数名だった。

そのまま「それで、どんなのつけたいの」「他の奴《やつ》らは買い換えとか考えてるわけ？」

などと言いながら、りおたちの輪の中に入って会話を続ける。

りおは〈フェシット〉のみならず人間の女の子ともちゃんと仲良くし、しかも両者を何のためらいもなく会話に参加させているのだ。

最初のころは、〈フェシット〉も人間も互いにぎくしゃくしてたのに。

「あいつが間を取り持つ形で、スムーズに話ができるようになったんだよな。本当、我が妹ながらコミュ力お化けかよ」

流人《りゅうと》は半ば呆《あき》れ、半ば感心してつぶやいた。確かに昔から、人に好かれやすい性格はしていると思っていたが。

「これも、〈フェシット〉だからできることなのか」

「違います、むしろ〈フェシット〉には難しいことだと思いますよ」

「どうしてだよ、『委員長』」

「あ、美奈《みな》で結構です。その役職名、身に余りますし」

そう言って苦笑したのは、先日クラス委員を決める会議で委員長に選ばれた美奈だった。性格の良さ、真面目《まじめ》なところ、礼儀正しい態度など、様々な長所がクラスで認められ、満場一致で可決されたのだが、どうも本人は分不相応と思っているらしい。この腰の低さがなければ、もっと委員長に相応《ふさわ》しい風格が出ると思うのだが。

ともあれ、流人は話題を戻した。

「じゃあ、美奈。何で〈フェシット〉だと難しいんだ？　りおだけじゃなく、修司《しゅうじ》も初日に俺に話しかけたりしてくれたし、友達たくさん作ってるぜ。コミュ力高いんじゃね？」

「いえ、天同寺《てんどうじ》さんもりおさんも、〈フェシット〉としては少々規格外なんです。簡単に言うと、人間に比べて〈フェシット〉は頑固なんですよ」

「頑固？」

「頑固というか、少し融通が利かないというか。それというのも、〈フェシット〉の頭脳に使っている結晶体〈イデア〉は、獲得した情報を取捨選択して保存する際に、個体ごとによって傾向が異なるからです」

「？？？」

「あ、えっと……そうですね、〈イデア〉ごとに情報の好き嫌いがあると思ってください。その好き嫌いは、性格を形成するための学習時もずっと守られ続けるんです。たとえば暴力が嫌いな〈イデア〉であれば、暴力が必要という情報は徹底して排除する傾向にあります――これは自覚していても、なかなか修正できません。柔軟な『汎用人工知能』を持つ〈フェシット〉ですが、この辺の不自由さは『特化型人工知能』ライクと言えますね」

「へぇ」

「なので、〈フェシット〉は自分の性格をなかなか変えることができない。融通が利かないことが多いんです。もっとも、そこが人間臭いとウケているところでもあるのですが。ともあれ、良好なコミュニケーションには相手の性格に合わせる柔軟さが必要なので、〈フェシット〉はその点に関してはまだ改良の余地がありますね」

「なるほど。何となくわかったような、わからないような」

言いながら、流人はりおと会話している二人の〈フェシット〉を見た。

確かに一見普通に話してはいるが、時々首をかしげ、黙りこくったりしている。特定の話題に難色を示している、もしくはフリーズを起こしているようだ。

これが融通が利かないゆえの不具合だろうか。もっとも、二人が〈フェシット〉だと意識していなければそんなに気にならない挙動ではあるが。

（それに、性格は変わらないって言うけど、りおは昔と今じゃ割と違うところがあるんだけどなぁ）

流人《りゅうと》はそんなことを考えたが、同時に麗《れい》の言葉も思い出した。

――りおは、特殊な〈フェシット〉だから。

〈特一級人造人間《エクストラ・フェシット》〉。人間と変わらない人生を送った〈フェシット〉なら、人間と同じぐらいの柔軟さを身につけられるのかもしれない。

（ま、あいつの場合、根本的にいい加減なだけかもしれねぇけど）

そんなことを考えた時、ふと、りおが友人を連れてこっちに駆け寄ってきた。

「お兄《にい》ちゃん、見て見て、このカタログ！　さて、何のでしょうか⁉」

「お前の声、大きいから聞こえてたって。ワイヤードパンチとかいうのだろ？」

「そうそう。で、お兄ちゃん的には、どのデザインがあたしに似合うと思う？」

「え？　えっとそうだな……この拳が全部金属でコーティングされてる奴《やつ》かな」

「あ、ダメダメ！　それは、攻撃用のやつ！　危ないし、許可された〈フェシット〉しか装備しちゃいけないんだよ」

「こういうのって、大体攻撃用で危ないものじゃないのか……」

まぁ、りおの奴は柔らかい素手《すで》がついたものだから、金属でコーティングされている奴よりは安全だろうが。

と、いっちゃんと呼ばれてたクラスメート――確か名字が伊藤《いとう》だったはずだ――が、笑い声を上げた。

「あんたさぁ、妹が似合うやり聞いてるのに金属コーティングのパンチはないって」

「そ、そうか？」

「そうそう、センスないなぁ志賀見《しがみ》。そんなことじゃ女にモテないよ。ま、元々さえない顔してるししょうがないか！」

そして、けたたましく笑う。

と、それをいきなり止《や》めた。りおが振り返り、彼女の顔を見たからだ。

「いっちゃん、お兄ちゃんが何て？」

「あ、あああ、そうだな。いや、志賀見ってよく見るとそこそこイケてるじゃん、うん」

「なんだ、伊藤。いきなり持ち上げてきて。怖いな」

「……怖いのは、あんたの妹の顔だよ」

伊藤が小声で何か言ったが、流人には聞こえなかった。

と、りおの方を見る。こっちを向いて、いつものにこにこ顔になっていた。さっきはドスの利いた声を出したと思ったのだが。

「とにかく、お兄《にい》ちゃん。可愛《かわい》いワイヤードパンチを選んでおいてね」

「何で俺が？」

「今年の誕生日にプレゼントしてもらうもん」

「はぁ!? 勝手に決めるなよ！」

流人《りゅうと》が叫び、周囲の女子生徒一同はくすくす笑った。見れば、傍観してる美奈《みな》まで楽しそうに微笑《ほほえ》んでる。

（あー、やっぱりこいつって可愛がられるタイプなんだな）

〈フェシット〉がどうとか関係ない。それ以上に、りおがそういうキャラクターなのだ。

流人はそう納得した。でなければ、自分がこんなことを考える理由がつかない。

（誕生日か……しょうがねぇ、小遣い貯《た》めておくかな）

そして苦笑を浮かべたが、不思議と腹は立たなかった。

妹のコミュ力に感心してはいても、流人は使命を忘れてはいなかった。

彼女の面倒を見ることではない。そちらも重要だが、自分には当座やるべきことがある。

「さっさとハンカチを返して、ついでに話を聞きたいな」

　そんなことをつぶやきながら、流人は三年生の教室がある棟に来ていた。

　今は昼休みで、廊下は普段の休み時間よりさらにごった返しているが、ルイのクラスはわかっている。人混みに紛れて教室に近づき、そっと中をのぞき込んだ。

　何か書き物をしていたのか、ノートを閉じた常盤《ときわ》ルイが、自分の机から立ち上がる場面を運良く流人は目撃した。

（よし、とりあえず失礼して中に入るか）

　教室に足を踏み入れかけた、その時。

　違う人影が割って入るようにして、ルイに話しかけた。

「会長、少しすみません」

「何かしら、風紀委員長」

「ちょっと今年度の予算について、相談があるのですが」

「今は昼休みなのだけれど……わかったわ」

　そして二人は、何かしら話し合いを始めた。流人にはその内容はちんぷんかんぷんだったが、極めて真面目《まじめ》なものであり、横から口をはさむのは難しそうに思えた。

　数分してから、やっと話に区切りがついたのか、風紀委員長とやらが離れる。

「すみません、お手数をおかけしました」

「これから、もっと内容を整理してくるようにね。そうすればもっと早く終わるわ」

「心がけます」

頭をぺこぺこと下げて、風紀委員長は戸口に走った。慌てて流人《りゅうと》は身を避《よ》けて、通り道を作ってやる。

「よし、今度こそ」

だが。

「すみません、生徒会長。今月の標語について検討を」

「来月の委員会議の日程についてなんですが」

「保健室の使用許可のラインについて、ぜひ知恵を貸していただきたく」

次から次へと相談を持ちかけられている。ルイはかなり頼りにされているらしい。

そして彼女は、そのつど彼らに、冷静かつ的確に返答や助言を与えていく。

「公募を募って、そこから検討しなさい」

「日程は先日決めたはず。今さら動かせないわ」

「保健室をサボタージュに使う生徒が増えているので、ラインはなるべく厳しめに。養護教諭とも相談して決定すること」

その言動は、無愛想《ぶあいそう》で淡々としていた。

自分と話した時の優しげなルイと、今のルイ。どちらが本当なんだろう。

どちらにしろ——流人はふと感じた。彼女の動きは、流れるようで美しい。

洗練された動きで、渡された報告書や企画書に目を通している。それを返す仕草にも、一分《いちぶ》の隙もなかった。そして、美しく整えられた顔は表情一つ乱さず、みずみずしい唇の間から澄んだ声が流れる。

（いいな……まったく、りおにもこの落ち着きを見習わせたいぜ）

だが、そんなことに思いを馳《は》せている場合でもない。

何しろ、このままだと相談ごとで昼休みが終わってしまう。流人は仕方なく、近くの男子生徒を捕まえて尋ねた。

「あの、すみません。常磐《ときわ》先輩って、いつもあんな感じに忙しいんですか？」

「ああ、生徒会長として、色々な生徒から相談を受けてるんだ。生徒だけじゃない、教師からの信頼も厚いから、教師に呼び出されることもある。今は新しく学期が始まったところだし、なおさら忙しいだろうよ」

「はぁ」

「それを知らないってことは……ははん、お前さんやっぱり一年生だな。常磐に何か用事か？　何なら、時間取れるか聞いてやろうか？」

「あ、いや、大丈夫です」

新入生だからか、その生徒は気を遣ってくれたが、流人は辞退した。

忙しいなら無理に割り込むのは失礼な気がしたのだ。

ハンカチのことだって、ひょっとしたら当人ももう忘れてるかもしれないし。

（急ぎでもないなら、日を改めるか）

そう思った流人《りゅうと》は、自分の見通しが甘いことを知った。


その後、数日が経《た》ったが、流人はルイに会えずにいた。

生徒会長は想像以上に多忙だったのである。

様々な生徒が現れては、彼女の知恵に期待する。また、校内放送で教師に呼び出されたこともあった。そして、彼女はそれに嫌な顔一つすることなく応じていくのであった。

（責任感が強いんだな、先輩。だからこそ、生徒も教師も信頼をおいてるんだ）

流人はそう考え、会えないことがもどかしいどころか、他人事《ひとごと》ながら誇らしく感じた。

だが、それはそれとして、彼女の態度には気になることもあった。

やはりというか、言動が徹底して合理的なのである。まるで情を交えないことをよしとするように、何ごとも客観的に見据えながら答えを出している。

たとえば「生徒の要望が多いので、一部アクセサリーの解禁を学校にかけあってほしい」という署名付きの申し出に対しては「生徒の希望にかかわらず、それらは学校側が決めること」と一言のもとに切り捨てていた。そこに一切の妥協はない。

こういう態度が重なれば、冷徹というイメージがつくのも仕方ないかもしれない。

だが、それでも——流人は、彼女のことを信じたかった。

自分を救ってくれた時の、あの微笑もまた彼女のものだと。

そして、それを確かめる機会がようやく巡ってきた。

○

「何だよ、りお。こんなところに連れ込んできて」

「まーまー、いいからいいから」

とある日の放課後。流人はりおに手を引っ張られて、学校内でも人気《ひとけ》のない棟の裏に連れてこられた。

無駄にだだっ広いこの学校には、専門学科のための特別教室棟がいくつかあるが、ここはその一つらしい。裏手はすぐ林になっていて二人はそこに立っている。

りおはきょろきょろと周囲を見渡してから、少し恥ずかしそうに制服の上着を脱ぎ始めた。次いでリボンタイを外すと、ブラウスの胸元を少しはだけ、上目遣いに流人を見る。

「お兄《にい》ちゃん……あたしのこと、触って」

「帰る」

「あ、あ、ちょっと待って！　誤解だってば誤解！　これは〈フェシット〉用のちゃんとしたメンテナンスなの！」

慌てて手を振る妹に、踵《きびす》を返しかけた流人《りゅうと》は「は？」と胡散臭《うさんくさ》そうな顔を向けた。

りおはブラウスの袖をめくり上げると、露出した腕を示す。

「この前やったのは、体内の人工筋肉をチェックする内部メンテナンスね。で、こっちは皮膚及び感覚神経の動作チェックを行う外部メンテナンス。主に、他人に触れられることで検査するの」

「へぇ。そんなことまでするのか、〈フェシット〉って」

「そだよ。そういうわけで、体のすべての感覚を知らないといけないから。あたしのことすみずみまで触ってね」

「ああ、わかった……って、ちょっと待て。すみずみまでって、ひょっとして……!?」

「うん、胸もお尻も触ってもらうから。あたしなら大丈夫、お兄《にい》ちゃんだったら許してあげるし。さぁ、ばっちこーい！」

「いやいやいや、できねぇよ、そんなもん！　妹とはいえ、女の子の体だろ！　気軽に触ったりとか無理に決まってますわ！」

「だからさぁ、あたしとお兄ちゃんは血も繋《つな》がってないし大丈夫じゃん」

「余計にダメだろうが！」

羽根よりも軽いりおの発言である。

だが流人としては、りおのことは家族と思いながらも、血が繋がっているという意識はないのだ。妹である前に、一人の女の子でもある。その事実を忘れたことはない。〈フェシット〉と判明した今も、その認識に変わりはなかった。いや、むしろ強まったと言ってもいいだろう。

　そんなりおの体にすみずみまで触れるというのは、さすがに抵抗がある。

「大体、やるにしても何で学校でやるんだ。こういうのって、普通家でやるだろ。いや、家だったらやるってわけじゃないけど」

「だってさ、学校でやった方がこう、スリルがあって面白くない？」

「何のスリルだ、何の！　そもそも、メンテナンスに面白さを求めるな！」

「でも、お兄ちゃんもそういうの興味ありそうじゃん。さっきからすごい興奮してるよ？」

「なっ⁉　そ、そんなはずないだろ⁉」

「ごまかしても無駄だよ。体温が一度上昇して、血液も全体的に頭部の方にいってるね。呼吸の回数も二秒間に一回と早くなってるし、心臓の脈動数も一分間に一〇〇回に上がってる。何だかんだで、メンテナンスしてみたいんでしょ？　素直になりなよ～」

「ちょっと待て、その細かいデータはどうやって出したんだ？」

「ふっふっふー、りおちゃんがただの〈フェシット〉ではなくて〈特一級人造人間《エクストラ・フェシット》〉ということを忘れてもらっては困るよ。あたしの目、〈分析眼《アナライズ・アイ》〉になってるんだから」

「そ。目をこのモードに切り替えると、対象を温度、質感、細かい動きなどから分析し、色々なデータを頭脳に送り込んでくれるわけ。かなり高級なオプションパーツでね、〈フエシット〉といえども持ってるのはあたしぐらいじゃないかなぁ」

得意げにりおは胸を張った。確かによく見れば、先ほどより瞳孔が広がり、虹彩《こうさい》がかすかに光を放ってるように見える。何となく暗闇に入った猫を思い出した。

（こいつ、本当に人造人間なんだな……）

流人《りゅうと》はりおに気づかれないよう、そっと嘆息した。

ずっと人間だと思ってた少女が、作り物であるという事実。それを実感するたびに、意識と現実のギャップに苛《さいな》まれる。誰が悪いわけでもないのに。

（りおは結局造られた存在なんだ……でも、人間と同じように意識も感情もあって……でも、それは人間に造られたもので……でも、体は人間と同じでこんなに柔らかく……）

柔らかく？

ふと、流人は我に返り、目を丸くした。

いつの間にかりおが、自分の手をつかんで胸に押しつけている。

ふにふにという感触に唖然《あぜん》としていると、少し照れた顔つきで流人に笑ってみせた。

「あ、あはは、やっぱり恥ずかしいかも。さっさとすませちゃお、お兄《にい》ちゃん」

「〈分析眼《アナライズ・アイ》〉？」

「お前なぁ、そんな強引に……」

流人は手をどけようとしたが、できなかった。悲しい男の性《さが》もあるが、りおの顔がどこか真剣に見えたからだ。

ひょっとしたら。と、彼は考える。

りおも悩んでいたのかもしれない。自分が〈フェシット〉であることに。自分たち人間とは、異なる存在であることに。

だから、〈フェシット〉であることを明かした今、人間と同じに扱ってくれるかどうか試そうとして――

「あら？」

「「え？」」

突然、横手から声が聞こえて、二人はそちらの方を見やった。

ここは人気《ひとけ》のないところだからと、油断していた。通りかかる人間が皆無ではないのだと、その可能性にようやっと思い当たる。

一人の少女がこちらを見ていた。それも、およそ流人が一番見られたくない相手が。

彼女は冷静な目線をこちらに向けると、やや気まずそうに告げた。

「これは……まずい時に来たかしら」

「る、ルイ先輩!?　ち、ちがっ、これは違うくて！」

「その、申し訳なかったわね。私は見なかったから、続けて」

「誤解ですって！　おい、りお、お前も何か言え！」

「初めてはもっとロマンのある場所が良かったかも」

「お前なーっ！」

その後、足早に去ろうとするルイを捕まえ、事情を説明するのに時間を一〇分要した。

「そう、その子があの時言っていた妹さんなの」

「はい……あ、ハンカチどうもです」

ルイは「いいえ」と流人《りゅうと》からハンカチを受け取ると、しげしげとりおを眺めた。

流人としては大変ありがたいことに、自分の存在どころか、話した内容も忘れてはいなかったようだ。光栄だと思いつつ、流人は改めてりおを手で示す。

「改めて紹介します、妹のりおです。ほら、りおも挨拶しろ」

「どうも、志賀《しが》見《み》りおです。お兄《にい》ちゃんとは一つ屋根の下でよろしくやっています」

「誤解を招くような言い方するんじゃない！」

なぜかむすっとしているりお。どうもルイのことを敵視しているらしい。

だが、ルイは意にも介していないようだった。

「それにしても、話に聞いていた義理の妹さんが〈フェシット〉だったとはね」

「俺も最近知ったんで驚いてるんです。両親に伏せられていたから仕方ないけど」

「私にすれば、そんな家庭環境の方が驚きなのだけれど……そういうことなら、先ほどのスキンシップも納得がいくわ。恐らく、外部メンテナンスをしていたのでしょうし」

「そう、それ！　さすが先輩、そんなことも知ってるんですね！」

「まぁ、一般知識だし」

やや歯切れが悪いように言ってから、少し事務的な口調に切り替える。

「でも、もし学校でやる場合は、誤解を与えかねないから人目のないところでやりなさい。ここは人気《ひとけ》がないように見えるけど、実は教室棟と生徒会室のある棟を結ぶ近道なのよ。意外と利用者は多いわ」

「はぁ」

人目がなければいいのかと思ったが、ルイにとっては校則を破ってさえなければさしたる問題ではないのだろう。実に論理的で、感情的なものは問題にしていないとも言える。

やっぱり、冷静、冷徹という周囲からの評価は妥当なのだろうか。

「それにしても、〈フェシット〉と兄妹《きょうだい》とはね。苦労するんじゃないかしら」

「はは。俺も正体バレくらった時は戸惑いましたけど、まぁ、何とかやっていけそうです」

「そう……本当にそうだといいけれどね」

不穏な言葉の響きに、流人は「え？」と戸惑った。

ルイは氷のような視線をりおに向けて、宣告する。

「〈フェシット〉と人間、異なる存在が家族になるなんてそう簡単にはいかないわ。必ずどこかで問題が発生するはず。そのことは、気にとめておいた方がいいわね」

「ちょ、ちょっと、どういうことよ！　あたしとお兄《にい》ちゃんは、昔っからずっと仲良《い》いんだから！　何の問題も発生しないってば！」

「いえ、断言はできないわ。人間が望むように〈フェシット〉は振る舞えない。完全に人間の期待に応えることはできないの。それに、〈フェシット〉は造られた物にしかすぎない。どこまでいっても、〈フェシット〉と人間じゃ偽りの家族しか生み出せないかも……」

「先輩……？」

流人《りゅうと》はルイの言葉に、今までにない感情の色が潜んでいることに気づいた。

だが、そのことについて尋ねることはできなかった。先にりおが叫んだからである。

「何よ、知ったふうなこと言っちゃって！　そんなこと言う権利、あなたにあるの？」

「権利？」

「そう、権利！　さっきから偉そうに〈フェシット〉ディスってるけどさ。あなただって〈フェシット〉じゃん！」

「「……！」」

驚きに息を飲む音は、二つ流れた。

流人のものとルイのものと。

流人は最初、りおが何か勘違いでもしてるのではないかと思った。

しかしルイの表情を見れば、それが図星なのだとわかる。

「まさか、先輩は……」

「そだよ。何かつっかかるなと思ったから、〈分析眼《アナライズ・アイ》〉で調べたの。その人、〈フェシット〉だよ！」

りおは興奮した顔で告げる。

ルイは視線をそらしていたが、やがて肩の力を抜くと観念したように言った。

「ええ、そうよ。あなたの言う通り。私は〈フェシット〉……」

「すみませんでしたっ！」

「えっ？」「ぐえ？」

観念の声は、驚きに変わった。後半は流人に頭を押さえつけられたりおの悲鳴だ。

流人は自分も頭を下げると、ルイに謝る。

「うちの妹が、〈フェシット〉であることをバラして。それ、隠してたんですよね？」

「え、ええ……別に家に口止めはされてないから、伏せてある程度だけど」

「でも、秘密は秘密です。勝手に暴露していいもんじゃない。本当にすみませんでした……ほら、りおも謝れよ」

「お兄《にい》ちゃん……だって、この人〈フェシット〉と人間の家族を……偽りの家族だって」

「そのことは確かに俺も疑問だし、貶《けな》されて怒りたいお前の気持ちもわかる。でも、だからってプライバシーを暴いていいってもんでもないんだ。だから、な？」

「わかった……ごめんなさい」

二人の謝罪にルイは目を瞬《またた》かせていたが、やがて自分も神妙な顔つきでうなずくと、

「いえ、私の方こそ軽率だったわ。あなたたちの心情も考えず、無責任なことを言ってしまった。本当にごめんなさい」

深々と頭を下げてから、ふと空を見上げた。春の日差しはうららかなのに、彼女の目はどこか悲しく見えると流人《りゅうと》は思った。あの時の悲しい表情だ。

ぽつり、と言葉をもらす。

「実を言うと私も兄弟がいるの。人間の兄弟」

「え？」

「弟が一人。そして、その弟に良き姉として接するため、私は購入されたの……でも」

言葉を濁して、ルイは目線を落とした。

その仕草に、流人は彼女の言わんとすることを察する。

「ひょっとして先輩、弟さんとうまくいってないんですか？」

ルイは静かにうなずいた。

「どうして？　優秀な先輩なら、姉として接してあげるのも難しくないでしょうに。弟さんに何か問題でも？」

「弟は悪くないわ。仲良くできないのは、私があの子に心から優しく接してあげられないから……私はね、人の心が理解できないようになってるの」

「……？　どういうことです？」

「持って生まれた性質よ。私の〈イデア〉は情よりも合理性を求める傾向にある。そのため、他人の感情をあまり理解できないようになってるの」

だから、自分は人には優しく接せられないのだと彼女は語った。周囲から、無愛想《ぶあいそう》、冷徹と評価されているのもそのためだと。

流人は慌てて反論する。

「いや、でも、迷子になってた俺を助けてくれた時、先輩は優しく接してくれたじゃないですか。冷徹な人にそんなことはできませんよ！」

「……あれも、合理性にそった判断だとしたら？」

「え？」

「迷子になったあなたを見た時、何となく弟に似てると思ったの。だから、私は考えた。この人に優しく接するようにすれば、弟ともよりよい関係を築けるのではないかと……結局、それぐらいの練習じゃ付け焼き刃で、関係も改善されてないのだけれどね」

流人《りゅうと》はルイの言葉を聞きながら、自分が受けているショックが何なのかつかめずにいた。ルイの優しさが練習のためだったこと？　弟扱いされたこと？　結局ルイと弟の関係は改善されてないこと？

考えてもわからないが、苦いものが口に広がる。

かぶりを振ると、少し強引にでも話題を変えることにした。

「へ、へぇ。でも、俺に似てる弟さんかぁ。やっぱり高校一年生ですか？　それだとこの学校に通っていて」

「いえ、弟は小学四年生だけど」

「しょうよん」

衝撃がでかくなって、流人はその場に沈没した。察したりおが「どんまい」と笑ってくる。ちくしょう、と心の中でうめいた。

ふと、ルイは目を細くすると、そんな自分とりおを見つめて言う。

「あなたたちは、本当に仲が良《い》いわね。私もそんなふうになりたかった……志賀見《しがみ》流人くん、だったわね」

「え、ええ」

「あなたは間違いなく、お兄《にい》さんしてるわ。人間と〈フェシット〉、そんな差など感じさせないぐらいにね。だから……妹さんを大切にしなさいね」

あの時と同じようなことを、ルイは告げた。

そして、流人にももうその意図はつかめていた。

（先輩は自分と同じような、兄弟仲が悪い関係を、作ってほしくないんだな）

それには自分も――恐らくりおも――心の底から賛同していた。


その晩、流人とりおは家でコンシューマーゲームをしていた。

この家では、母親たる麗《れい》も、父親も、ほとんど留守がちだ。忙しくて帰ってくる暇がないのだという。なので、自然放任主義という形で二人でいることが多い。なので、夜遅くまでゲームをやっていても誰も怒らない。

今日やっていたのは、最近買ったインクで戦うゲームだ。流人が生まれる前からあるやつで、今回ので十三作目に当たる。ずいぶんと息の長いシリーズになったものだ。

コントローラーを操り、りおとともに一喜一憂してるうちに、流人はふと妹に尋ねた。

「あのな、りお」

「何、お兄ちゃん？　ハンデならあげないよ」

「いや、もう一〇回以上負けてるし、今更いらねぇよ。そうじゃなくてだな、人間と〈フェシット〉の家族関係って、やっぱり難しいのかな」

「何言ってるの、あたしら仲良いじゃん」

りおは脳天気に笑うと、ふと目を輝かせて言った。

「それとも、もっと深い関係になりたい？　それなら結婚がおすすめですよ、結婚！　兄妹《きょうだい》から夫婦にクラスチェンジ！」

「あのなぁ、誰がそんなこと言ってるんだ……って、ちょっと待て。〈フェシット〉と人間って結婚できるのか？」

「その辺は色々と調べたんだけどね。一応、過去にそういう実例はあるよ。ただ、人間と〈フェシット〉の婚姻のための法はどの国でも整ってなくて、事実婚がやっとなの」

「へぇ、なるほどなぁ……まぁ実際に結婚は難しいだろうしな」

流人《りゅうと》は納得してうなずいた。

「それにしても何でお前、そんなこと調べたんだよ？」

「え？　そりゃ、お兄《にい》ちゃんのお嫁さんになるために。一生独身だったら可哀想《かわいそう》でしょ」

「……それ心配してるふりして、結局俺をからかいたいだけじゃねぇか！」

「そんなことないよ。あたし、いつだってお兄ちゃんの幸せを願ってるもん」

両手を合わせて傾け、うっとりと告げるりお。

流人は肩をすくめると、ふと首を傾《かし》げた。

「それにしても、結婚の実例はあるわけだ。ふーん、なるほどなるほど」

「何を妙に感心して……まさかお兄ちゃん、あのルイとかいう先輩と結婚したいと考えてるんじゃないでしょうね！　だから結婚について訊いたんじゃ!?」

「だ、誰がそんなこと思うか！　大体、結婚の話題を持ち出したのはお前だ！　まぁ、もともとの話題がルイ先輩のことであるのは、外れてないけどな」

「それって、弟さんのこと？」

「そう。先輩悩んでるみたいだし、何とか力になってやりたいと思ってるんだよ」

「うーん。でもよそのご家庭に口出しするのは、お節介《せつかい》と思われるんじゃない？」

「それもわかってるんだけどなぁ」

自分は冷徹で、人に優しくできないと彼女は言った。

でも、それは違う気がする。少なくとも弟との関係に悩む彼女は、弟のことを思っているのだと流人は感じる。同じ歳下《としした》の兄弟を持つ身だからわかる。

だから彼女の力になってやりたいという気持ちは、嘘《うそ》じゃなかった。

まぁ、少しばかり綺麗《きれい》な女性を助けたいという下心がないわけじゃないが。何と言っても、大人《おとな》びた容貌のルイは自分のタイプと言っても過言ではないし——

「お兄ちゃん、鼻の下のびてる」

「あいだだだ、つねるなつねるな」

冷ややかな目でこちらを見てきたりおだが、ふと真顔になってつぶやいた。

「まぁ、確かにね。あの先輩自体はそんなに好きじゃないけど、あたしもちょっと気になるかも。あたしたちは仲良《い》いからいいけどさ。兄弟仲がよくないのって、辛《つら》いと思うし」

「俺もそう思う。先輩、すごく気にしてたみたいだからな」

「だから力になりたいって気持ちもわかるけど、でもさぁ」

そう言ってから、りおはじっと流人《りゅうと》を見た。目が微妙に光っている。〈分析眼《アナライズ・アイ》〉を使っているらしい。

「な、何だ。何を調べてるんだ？」

「……やっぱり、あの先輩とは関わり合いたくないかも」

「何でだよ！」

「何でも～」

りおは口をとがらせ、すねたようにコントローラーを持った。ゲームを再開しようという催促だ。それがわかったので、流人も仕方なく従う。

「本当にもう……あたしがいるのに……脈拍も体温も上昇……でれでれして……」

ゲーム中、ひっきりなしにぶつぶつつぶやくりおの声を、しかしゲームに夢中な流人はほとんど聞き取っていなかった。

第四話　〈フェシット〉たちの事情

　朝の澄み切った空気の中、彼女は庭に面した長い廊下を静かに歩いていた。

　市内でも特に大きな和風の豪邸だが、それを意識したことはあまりない。彼女にとって、ここで大切に思える人物は、ほぼ一人だけだ。

　ふすまを開け、一礼した。

「お祖母《ばあ》さま。おはようございます」

「おお、おはよう」

　二十畳ほどの大きな部屋の中央で、布団の上に身を起こした老婆が顔をほころばせる。手招きしたので彼女は従った。

「どうじゃ？　何か変わりはないかの？」

「お祖母さま、それは私が訊《き》くべきことです」

　彼女は微苦笑を浮かべながら、手のひらを祖母の額に当てた。

　備え付けてある熱感知センサーが、体温を正確に測ってくれる。

「……微熱がありますね。今日は、あまりご無理をなさらないで」

「何の、多少熱がある方が元気が出るもんじゃよ。ほれ、熱はエネルギーじゃろ？」

「またそんな屁理屈《へりくつ》を……私、心配してしまいますよ」

「何も心配せんでもええ。それより、いつも言っておるじゃろう。お前はわしのたった一人の『孫』じゃと。そんなに気を遣わずに、むしろもっと甘えていいんじゃよ」

「はぁ……」

実のところ、それが一番彼女を悩ませているのだが、それは口には出さなかった。

変わりに微笑を浮かべて、彼女は祖母に告げる。

「今日は帰りに、何か甘いものでも買ってきましょう。何がいいですか？」

「だから気遣いなんかいらんのに。だけどまぁ、『辰屋《たつや》』の羊羹《ようかん》が嬉《うれ》しいのお」

「ふふ、わかりました」

そして彼女は、祖母の部屋を出た。

廊下を歩いているうちに、温かいものが胸のうちにじんわりと広がるのを感じる。敬愛する主人に仕える者のみが、理解できる喜びだ。

だが、それが一気に冷えた。

廊下の向こうから、見知った男女が二人、姿を現したのだ。

「おやおや、今日も母《かあ》さんにご挨拶かい？」

「あなたもマメね。得点稼ぎに余念がないなんて。まるで人間みたい」

皮肉っぽいその言葉に、少女は顔をこわばらせてから俯《うつむ》いた。

「得点稼ぎだなんて、私、そんなつもりは……」

「まぁ、いいわ。それより忘れてないでしょうね。あなたが、本当にお義母《かあ》さまを喜ばせられないかぎり、この家に居場所はないということを」

「僕も妻も、君のことは娘みたいなものだと思ってる。できれば失いたくない。だから、せいぜい頑張ってくれよ」

含みのある言い方をすると、男女はそのまますれ違って歩いて行った。

途中で二人がひそひそと大きな声を上げるのが聞こえてくる。

「まったく、母《かあ》さんの酔狂にも困ったものだ。孫が欲しいと言うだけならともかく、それを人間そっくりの人形ですませようというんだから」

「あなた、あの子に聞こえるわよ」

「おっと、そうだったね。まぁ、でも母さんを満足させられない人形に、本当に価値はあるのかな。社長権限でかなり割り引かせたとはいえ、高かったんだぜ」

「そうね。それなりの出資をしたのだから、役に立ってもらわないとね」

そしてその声も消えていく。

顔を上げて振り返り、少女はため息を吐《つ》いた。

彼らの言うことに腹を立てたわけではない。むしろ、その通りだと思ったのだ。

「確かに……私は、お祖母《ばあ》さまの期待に応えられていない。でも」

胸元で手をにぎりしめ、不安そうにつぶやく。

「〈フェシット〉が人間に甘えるなんて。そんなこと、許されるのでしょうか？」

返事を求めるかのように宙を見つめたが、むろん何の言葉も返ってこなかった。

綺麗《きれい》に整った顔立ちに、少し気が弱そうだが柔和な表情。それらが、憂鬱のために曇っている。背まで届く絹糸のような髪も、翳《かげ》りで光を失って見えた。

その少女——上南美奈《かみなみな》は、もう一度ため息を吐くと、学校に向かう準備をするために廊下を歩き出した。

○

「何で貴重な放課後を、お前の勉強に使わないといけねぇんだ」

「まーまー、お兄《にい》ちゃん」

ぶつぶつとぶーたれる流人《りゅうと》を、りおが脳天気にたしなめた。

彼の言う通り、今は放課後。二人は教室棟を出て、広い構内を歩いていた。

入学してから一週間後に実力テストを行ったのだが、それでりおが目も当てられない点数を取ったためである。珍しく帰宅していた麗《れい》に白い目で見られ、「テスト内容、ちゃんと復習しなさいよ」と言われた――流人《りゅうと》が。りおにはおとがめなしである。理不尽だ。

そんなわけで、二人は勉強をするべく校内の図書館へと向かっていたのだ。

図書室ではなく、図書館。一棟の丸々一フロアに蔵書が収まっている。さすが大きな学校だけあって規模が一桁違うが、実のところあまり利用する生徒はいないと評判だった。きょうび、情報なんか他の手段でいくらでも手に入る。空中立体投影《ホログラフタイプ》の電子書籍リーダーも、ちょっと前に発売されたばかりだ。紙の本は、今や骨董品《こっとうひん》としての価値しか見いだされなくなっている。

なら、なぜわざわざ図書館を利用するかというと。

「あそこなら静かだし、参考書もいっぱいあるし、勉強に向いてるからな」

「えー。家でやってもいいんじゃないかなぁ」

「家でやると、お前すぐゲームに気移りするだろ！　大体、何でテストで四〇点以下ばっかり取ってるんだよ。お前〈フェシット〉なんだし、その辺ぱぱっとコンピュータで記憶すればいいだろうが」

「そういう言い方は〈フェシット〉ハラスメントでーす！　〈フェシット〉だって人間と同じだもん。勉強が苦手という感情があっても仕方ないでしょ。心がある証拠なの」

「……いい風に言ってるけど、ようするに勉強するのが面倒くさかったんだな」

とか何とか言い合っているうちに、二人は図書館にたどりついた。

一階にずらりと並んでいる本棚から勉強用の参考書をいくつか抜き出すと、個室が備わっている二階に上がる。ここなら机と椅子もあるし、防音も完備。勉強に最適だ。

「さてと、どこにするかな……うん？」

流人はふと、個室の一室から声が流れていることに気づいた。

「……えっと、『グランマ』……違う……『ばっちゃん！』……ああ、ダメ。フランクというより、馬鹿にしてる感じがする」

「あれ、お兄《にい》ちゃん。この声って？」

りおの疑問にうなずいた。その方向を見ると、個室のドアが少し開いている。どうやら閉め切れずにそのままにしてしまったようだ。

ドアにはまっている窓越しに中を見ると、果たしてそこには想像通りの人物がいた。

「やっぱり美奈《みな》じゃねぇか。でも、何してるんだ？」

「よくわからないけど、真剣そうだねぇ」

りおの指摘通り、美奈は椅子に座って真剣な顔で本をにらみつけていた。机の上には同じような資料が山と積まれている。

ただ、少し妙な点があり、その資料のほとんどがコミックスなのだ。

「『ばばあ』……ないです。えっと、やっぱり『おばあちゃん』で……もっと猫なで声を……うーん」

「何だろう、演劇の練習か何かかな？」

「わからねぇけど、人に聞かれたくないもんだろ。ドアが開いてるって注意してやるか」

そして、流人《りゅうと》が一歩踏み出した時。

「ダメ……やっぱり私みたいな〈フェシット〉には無理なんでしょうか」

「「え!?」」

「え……」

思わず開いた口を両手で塞いだが、もう遅かった。

美奈《みな》が蒼白《そうはく》な顔でこちらを見てくる。

「り、流人さん、りおさん……いつからそこに？」

「あ、あー、その」

「『グランマ』あたりから……？」

正直なりおの返答に。

美奈は頬《ほお》を両手で挟むと、その場で甲高い悲鳴を上げた。

「じゃあ、美奈も〈フェシット〉だったんだな」

「はい……」

個室のドアを改めて締め切って——幸い自分たちの他に図書館利用者はいなかった——流人はうなだれる美奈を見つめた。

「まさかドアが開いてるとは……あ、あの、このことは誰にも言わないでくださいね。一応、秘密なので」

「うん、いいよ。代わりに今度、何か奢《おご》ってね！」

「ええ!?」

慌てる美奈を見てにやにや笑うりおは、途中で「はうっ」と力の抜けた声を出した。流人がハリネズミのリモコンで、内部メンテナンスを施したのだ。お仕置きである。

「それで、美奈はここで何してたんだ？　何かの練習してたみたいだけど」

「え、えっと、その、それは……」

「あ、悪い。ちょっと気になっただけなんだ。答えにくいなら答えなくていいよ」

「いえ、その、第三者の意見も伺いたいですし……すみませんが、聞いていただけますか」

美奈の語る事情によると、こういうことだ。

美奈を購入したのは、現在上南《かみな》財閥の代表取締役ともいうべき初老の女性、上南清美《きよみ》だった。清美には亡き夫との間に一人息子がおり、その一人息子も嫁をもらっているが、子供には恵まれないのだという。

初孫がほしい清美は業《ごう》を煮やし、〈フェシット〉を購入することにしたのだという。それが美奈《みな》だった。

最初は、清美《きよみ》もそこまで〈フェシット〉に期待はしていなかった。自分の企業で扱っている商品だ。人間の代用以上の意識は持てないだろうと思っていた。

だが、美奈が甲斐甲斐《かいがい》しく清美の世話をしているうちに、彼女は大層美奈を気に入るようになり、今では本物の孫として扱うと公言してはばからないという。

「いい話じゃないか」

「はい。私もお祖母《ばあ》さまのことはお慕いしていますし、お祖母さまも可愛《かわい》がってくださっています。ですが、私に求める孫としてのあり方に問題がありまして」

「問題？」

「私は看護用の〈フェシット〉を十代モデルに改造して造られました。年老いて、何かと体の不自由なお祖母さまのために、ご子息夫妻がそうなさったのです。ですが、そのために私にとって人間は尽くす対象であり、〈イデア〉の学習にもそういう傾向があります」

ところが、と美奈はため息を吐《つ》く。

「お祖母さまは、その、私に『甘えて欲しい』とおっしゃるのです。初めての孫なんだから、全力で甘やかしたいと。あまり他人行儀な態度もしてほしくないとのことです。でも、私はそういうのが苦手で」

「あー、なるほど。それで呼び方だけでもなれなれしく変えようと、練習してたんだね」

悶絶《もんぜつ》から復活したりおが、得心いったように言ってから、さらに首をかしげた。

「でも、わかんないなぁ。甘えるってそんなに難しいかな？　あたしなんて、お兄《にい》ちゃんに甘えまくってるしそれが当然だと思ってるよ」

「控えろ、そして当然と思うな……でも、りおの言うことも一理あるかもしれないな。家族なんだ、甘えっぱなしは確かによくないけど、たまには甘えるのも悪くないと思う」

「それはそうかもしれませんが、やっぱり私には難しいです……」

「そういえば、〈フェシット〉は融通が利きにくいんだっけ」

あれは美奈自身のことも指していたのだな、と流人《りゅうと》はしみじみ納得した。

「まぁ、そこまで難しいと思うなら、それこそ無理にやらなくてもいいんじゃね？　それで周りがとがめたりはしないだろ」

「…………」

「美奈？」

「あ、いえ。そうですね……」

美奈はそう言って笑ってみせたが、少しぎこちない笑みだった。

彼女が何か隠してるように、流人には思えた。

と、空気を読めない娘が、元気な声を上げる。

「よぉし、そういうことならあたしが美奈を特訓してあげる」

「と、特訓、ですか？」

「うん。まずは甘えやすい『兄』に甘える練習からしよう！　うちのお兄《にい》ちゃんを兄だと思って、お兄ちゃんって呼んでみて！」

「え、ええ？」

「おい、りお。いきなり何を言い出すんだ」

「じゃ、あたしに続いて甘えてみせてね……お兄ちゃん、あたしね、もう勉強とかやめてクレープでも食べに行きたい……ほら、続いて続いて」

「真剣に悩んでる奴《やつ》を茶化《ちゃか》そうとするな。というか、それはただの本音だろ！」

白い目を向ける流人《りゅうと》に、「バレた？」と舌を出すりお。

美奈《みな》はそんな二人を呆然《ぼうぜん》と見つめていたが、やがておかしそうに笑い出した。

「あ、あれ？　どうしたんだ、美奈。急に笑って」

「ふふ、いえ、すみません。あまりにもお二人が仲良しなもので。とても微笑《ほほえ》ましくて」

「え、そうか？」

「ええ、遠慮なく言い合う姿が楽しそうで羨ましいです……私も、お祖母《ばあ》さまをもっと笑顔にできるように頑張らないといけませんね。頑張って、甘えるようにしないと」

その表情は穏やかだが、眼《め》には決意の火がともってるようだった。張り切っている。

流人はうなずくと、これ以上は邪魔しちゃ悪いなと思った。

「頑張って甘えるっていうのも変だけど、まぁそうだよな。どんなことも努力あるのみだ。美奈《みな》は努力家だし、きっとうまく行くよ」

そして「俺たちはそろそろこれで」と告げ、部屋を出た。

美奈も微笑《ほほえ》んで、ドアが閉まる直前まで手を振り返す。

ふと、通路を歩く途中で、りおが目を輝かせて言った。

「それでお兄《にい》ちゃん、クレープはいつ食べに行くの？」

「いや、あのな。お前は勉強するんだって……」

○

「あー、あるある。〈フェシット〉と家庭の事情ってやつ。少なくとも俺《おれ》ん家《ち》もそうだ」

「マジかよ」

次の日のやはり放課後。流人《りゅうと》は教室に残って、修司《しゅうじ》に昨日の出来事を話していた。

もちろん、美奈個人のことは伏せてある。「購入者の家庭とうまくいっていない〈フェシット〉がいるらしい」ということだけ話題にした。

修司は宙を仰ぐようにして、難しい顔で言った。

「人間から〈フェシット〉にかかる期待ってでかいみたいなんだな。自分の思い通りの家族が増えると思ってるんだ。俺の家の場合は、貧乏寺の住職である親父《おやじ》が、跡継ぎがいないために俺を無理矢理《むりやり》購入して……」

「あ、ちょっと待て？　修司って寺の坊主なのか？」

「まぁな。寺の坊主というか、坊主になる予定というかさ。最初は俺も真面目《まじめ》に継ごうと思ったけど、ある日突然馬鹿馬鹿しくなってさ……ちょうどこの学校への入学が決まった時に、坊主という枠に収まらず〈フェシット〉としてビッグになろうと決意したわけ」

「……何でいきなりそんなことを思ったんだよ」

「う～ん、よくわからないけど直感みたいな？　あ、そういえば、本棚の整理した時に百科事典が頭に落ちてきて、その時からこういう発想に目覚めた気がする」

それって頭打った衝撃で、人工知能がバグったんじゃ。

流人はこめかみに汗を流したが、修司は気にしていないようだった。

「第一さぁ、自分で言うのも何だけど俺って旧式の〈フェシット〉なわけよ。寺の跡継ぎにするんなら、ケチケチせずにもっと立派な奴《やつ》買えっての。オプションもろくなのつけてくれないし、勘弁してほしいぜ」

「お前もりおみたいにオプションパーツがあるのか？　どんな奴だ？」

「地味だよ。喉の奥にレコーダー兼プレイヤーが仕掛けてあって、ずっと疲れずに読経《どきょう》ができるって装置なんだ」

「……本当に地味だな。ていうか、読経《どきょう》ってそんな適当でいいのかよ」

しかし、そういう特殊能力みたいなのは、ファンタジー世界の《スキル》みたいでちょっと格好《かっこ》いい。根が男の子な流人《りゅうと》は、そんなことを考え憧れてしまう。

（ルイ先輩や美奈《みな》も、そういうオプションパーツがあるのかな。ちょっと知りたいな）

などと思っていると、後ろから明るい声が飛び込んできた。

「お兄《にい》ちゃん！」

「りおか、どうした？」

「昨日クレープクレープって言ってたの思い出したら、何だか食べに行きたくなってきた！　一緒に行こ！」

「執念だな……まぁ、きっちりテスト範囲の復習はしたし、褒美に奢《おご》ってやるか。ただし、クレープ一個だけだからな。ドリンクは自分でつけろよ」

「ぶー。お兄ちゃんのけちー。でもありがと！」

「何だ、お前ら兄妹《きょうだい》でお出かけか？　仲良《い》いねぇ」

「うん、修司《しゅうじ》くんも来る？」

「おれも行っていいのか？　ラッキー行く行く……あ、いや、やっぱり駄目だ」

「何だ、何か用事でもあるのかよ？」

「ああ、親父《おやじ》に蔵の整理の手伝いを頼まれてるんだ。断ったりしたら、どれだけ説教食らわされるかわかったもんじゃない」

「父親には頭が上がらないんだな、ビッグな男」

流人は苦笑しながらも、修司の家庭は案外うまくやってそうだなと思った。

本当に不和なら、説教すら生まれないだろう。親が子を叱るのはそれだけエネルギーが必要な行為なのだ。

しみじみ考えつつ、急ぎ足で立ち去る修司を見送ると、りおが朗らかに声を上げる。

「それじゃ、行こうかお兄ちゃん。二人でデートって久しぶりだねぇ」

「クレープ食いに行くだけなのに、デートも何もねぇだろ」

そっけなく言うと、「むー」とふくれ面になりながらも腕に抱きつくりおだった。

流人とりおの二人は学校と家を結ぶ通学路、そのちょうど中央にあるショッピングモールに来ていた。かなりの規模で、学校の教室棟三つをつなげたぐらいの大きさをしている。ちょうど建物も三つに分かれ、生活用品、娯楽品、食料品などを売っている。中にはフードコートもあり、老若男女《ろうにゃくなんにょ》様々な人種がここを利用していた。

このフードコートにあるクレープ屋が、りおのお気に入りだった。

「じゃ、入るか」

「うん」

眼《め》を輝かせるりおと共に、流人《りゅうと》は建物の中へと足を踏み入れた。

通路を歩いて行くと、小さな催し物用の広場に出た。そこで子供たちが「きゃあきゃあ」声を上げながら、群れをなしているのが見える。

中央にはずんぐりむっくりとした寸胴《ずんどう》のロボット——手足を備える人型だが〈フェシット〉のように人間そっくりではない——が、ジャグリングをしていた。

「サァサァ、ゴ覧アレ。コレヨリ素敵ナ大道芸ヲ、オ目ニカケマスヨ」

「あ、〈デミフェシット〉だ。ショーやってる！」

「本当だ、珍しいな」

りおの言葉に、流人もうなずいた。

〈デミフェシット〉は、〈フェシット〉よりも前に作られていた人型機械であり、そのころは単純にロボットと呼ばれていた。〈フェシット〉が台頭したことにより、その性能よりも劣るものとして〈デミフェシット〉の区分名がつく。

〈デミフェシット〉は〈フェシット〉と違って人間のような複雑な思考や学習はせず、主にプログラムによって働く。感情も自発的な判断力もないが、そのぶん安価で単純作業に向いており、工事現場や警備員、その他様々な職場の労働力として今でも活躍していた。

中にはこのように、大道芸人としてショーを行う変わったタイプもある。

「面白そう！　ちょっと見ていこうよ、お兄《にい》ちゃん～」

「クレープはどうするんだよ？」

「もう、そんなに急がない。せっかくのデートなんだから、時間はゆっくり使おうよ」

「だから、デートじゃねえっての」

口をとがらせながらも、流人はりおの要望を聞き入れた。ちょっと興味が引かれたのである。それなりに〈デミフェシット〉の芸はパフォーマンスが高い。

ジャグリングから手品までやりだし、腹話術（レコーダーの音声を流してるだけ）も行ったので、りおも流人も腹を抱えて笑った。子供たちも、子供たちを連れている保護者も大喜びのようだ。

と、響く歓声の中に、流人は聞き覚えのあるものを耳にした。

「本当にいいのかしら？」

「大丈夫だよ！　恥ずかしい！」

そちらを見ると、やや離れた場所にルイが立っていた。一度家に戻ったのだろうか、ブラウスにゆったりとしたスカートと、ガーリッシュな私服に身を包んでいる。

「先輩、こんなところで会えるなんて奇遇ですね」

そう声をかけようとした流人は、だが言葉を飲み込んだ。

ルイが一人、小さな男の子を連れていたのと、その男の子相手にどこか困ったような声を――それでも無表情だが――出していたからである。

「こんなに人がたくさんいるのよ。手をつながないと、はぐれるかも」

「そんなことないって！　大げさなんだよ！」

「そう……ところで、ちゃんと芸は見える？　何なら抱き上げてもいいけど」

「だから恥ずかしいってば！　もう、姉《ねえ》ちゃんはいいから黙ってて！」

きんきん怒鳴り返す少年は、見たところ小学生のようで——ここで流人《りゅうと》は、ぴん、と来た。恐らくあれが、ルイの言っていた人間の弟なんだろう。

流人は予定を変更し、こっそりとルイの近くに歩み寄った。

「先輩、先輩」

「あら、志賀《しが》見《み》流人くん」

「フルネームは長いですし『流人』でいいです……先輩、何か手こずってるみたいですね。そっちが前に言ってた弟さんですか？」

「え、ええ。父に、遊びに連れて行くよう言われたのだけれど……何だか、あまり機嫌がよくないみたいで」

ルイは頬《ほお》に片手を当ててつぶやいた。自分が姉としてうまく振る舞えてないと思っているのだろう。確かに、この年頃の少年相手の接し方でもない気はする。

その少年は芸にもあまり興味ないのか、気のない感じで眺めていた。

流人は少し考えてから、ルイに告げた。

「ちょっと任せてください……おい、そこの君。名前は？」

「え、兄《にい》ちゃん誰だよ？」

「俺は志賀見流人。お前の姉さんの後輩だ。で、そっちの名前は？」

「敦《あつし》……だけど」

「よしよし、歳上《としうえ》相手にもちゃんと名乗れるんだな、感心したよ……ところで敦、俺はこれから妹とクレープ食べに行くんだけど、良かったら一緒に来るか？」

突然の提案に「え？」と戸惑った声を出したのは、敦だけでなくルイもだった。

だが流人は気にせず、すました顔で続ける。

「ここにあるクレープ屋さ、クリームたくさん使ってて美味《うま》いんだ。種類もたくさんあって、チョコやらアイスやら豊富で。一口食べたら甘さが口いっぱい広がって、もうやみつきになるんだ……まぁ、来たくないなら別にいいけどさ。あーあ、もったいないなぁ」

情感たっぷりに語ってみせると、敦が「ほわぁ」と感嘆の声を上げた。

この年頃の子供は、楽しみを押しつけるよりも興味を引かせる方がいい。選択肢を作った方が喜ぶのだ。流人はりおの面倒を見ていたので、そのことを知っていた。

案の定、敦は興味を持ったようで、頬を紅潮させて叫んだ。

「お、おお。食べてみたい！　兄ちゃん、俺も連れてってよ！」

「芸の方はもういいか？」

「いい、それよりクレープの方がいい！」

「オーケー、じゃぁ行くか！」

「うん！」

そして流人《りゅうと》は彼と一緒に、一度りおの待つ場所へと戻る。

途中でルイに振り向いてウィンクしてみせた。彼女は呆然《ぼうぜん》と、しかし確実に尊敬のまなざしを向けてきたので、気持ちが良かった。

◯

彼はその日も家には帰らず、ぶらぶらと街中《まちなか》を歩いていた。

――目的地などない。どこでもいい。あいつらのいない場所ならば。

胸の内で何度もつぶやきながら、歯ぎしりを繰り返す。

憂鬱を通り越し、マグマのようにたぎる心の奥には、思い出したくもない声が何度もリピートしていた。

『どうしてお前は、いつもいつもそうなんだ！』

『お願い、言うことを聞いて。あなたは本当は優しい子のはずよ』

『いいか、私たちのツテでＦＤＧ高校という学校に通える。そこで勉強して更生しろ。そうでなければ、家族の縁を切るからな！』
『あなたはやればできるものね。頑張ってね。ね？』
　本当に、と彼は思った。
　本当に、イライラする！
（この街中《まちじゆう》を——いや、いっそ世界中を滅茶苦茶《めちやくちや》にしてやりたい！）
　通りを歩く人々の笑顔を見ていると、彼はそんな思いに支配されるのだった。
　ふと、喉が渇いた。
　近くのショッピングモールに足を踏み入れようとする。フードコートがあったはずだ。
　何なら自販機でもいいが。
　だが、彼の計画は修正を余儀なくされた。
　出入り口ですれ違った、四人の男女のために。
　正確には、そのうちの二人のために。
　彼らは会話に夢中で、自分のことに気づいてもいないようだった。
「……あいつら！」
　彼は——鳴滝《なるたき》アキラはそううめくと、四人の後をつけ始めた。

第五話〈フェシット〉と人間と

「ありがとう、わざわざ時間を割いてくれて」

「いや、別に大したことないですよ」

ベンチに腰掛け、頭を下げるルイに流人《りゅうと》は手を振った。綺麗《きれい》な顔が間近にあることもあり、少し顔がでれでれとなる。

彼女が礼を言っているのは、彼が敦《あつし》とりおを連れてこの公園に来たことを指す。

ショッピングモールでクレープを食べている間に、流人とりおは敦に積極的に話しかけてやった。流人は面倒見がいいし、りおには誰にも物怖《ものお》じしない度胸と愛嬌《あいきょう》がある。

敦が二人を気に入るのは時間の問題だった。

その後、彼はもじもじとこう言い出したのだ。

「あの、俺、もっと兄《にい》ちゃんたちと遊びたい」

ルイは「早く帰らないと」と二人に気遣って言ったが、他ならない流人とりおが「まぁまぁ」と押し切った。

そこで四人で連れ立って、近所の公園に来たわけである。

ブランコや滑り台、鉄棒などがある、昔ながらの児童公園だ。遊具の下には低反発素材のマットを使っていて、子供が怪我《けが》しないような配慮も欠かしていない。

滑り台の着地地点である砂場では、りおと敦が無邪気に山なんか作ってる。

「いい？　トンネルの中で手をつなぐからね？」

「うん、姉《ねえ》ちゃん。よいしょっと……あ、これかな」

「うんうん、開通！　おめでとー！」

「りおの奴《やつ》、端から見たら同レベルで遊んでるみたいだな」

流人は苦笑した。一応は、敦に合わせてやっている――と思いたい。

と、ルイがそんなりおをまぶしそうに眼《め》を細めて見ながら言った。

「あんなに嬉《うれ》しそうな弟は、初めて見るわ」

「え？」

「……やっぱり、私の接し方はよくなかったのね」

「そんなことは……」

「ない」と断言したかったが、正直わからない流人だった。今日初めてルイと敦のやりとりを見たのだ。普段、どのようにこの姉弟《きょうだい》が過ごしているのか、自分は知らない。

ルイは軽くため息を吐《つ》くと、視線を足下に落として続けた。

「前にも言ったと思うけど、私はあの子の姉になるべくして購入されたの。他にも色々と役割はあるのだけれど……一番の目的はそこだと思ってるわ」

「はぁ」

「けれども、やっぱりうまくいかない。どう接したらいいかわからないから。今日もあなたに助けてもらわなかったら、あのまま敦《あつし》と二人でずっと佇《たたず》んでたと思うし。実際、そういうことが多いの」

そして、もう一度ため息を吐《つ》いてつぶやいた。

「私は、自分から人間に感情を向けることができない。感情をあまり理解していないから。だから、敦に上手に接することができないのかもしれない。敦も結構我慢強いから、どういうことを要望しているかは言ってくれないの。せめて、敦が私に要望を言ってくれれば……甘えたりしてくれればいいのだけれど」

「……前にどこかで聞いた話だな」

美奈《みな》のことを思い出す。もっとも、あっちとは立場が真逆だが。

〈フェシット〉と人間、うまくいかないものだと流人《りゅうと》は思った。甘えたり、甘えられたり。そういったことがうまくいかない。たぶん自分が知らないだけで、他にも家族と不和を起こしてる〈フェシット〉はいるのだろう。

その点、りおと自分は何の問題もないわけで、ひょっとしたら贅沢《ぜいたく》な環境にあるのかもしれない——当の妹をぼんやり眺めながら、流人はそんなことを考える。

と、その眼《め》が点になりかけた。りおが鉄棒で、逆上がりを始めたからだ。

「おい、りお！　スカート！」

「はにゃ？」

めくれてもろにパンツが丸出しになり、「あちゃー」と顔を手で覆った。りおを見守っていた敦が、顔をゆでだこのように赤くしている。

「その変な物をさっさとしまえ！　敦の教育に悪い！」

「んもう、お兄《にい》ちゃんってば乙女《おとめ》の下着を何だと思ってるのよ！　むしろ、見て嬉《うれ》しいと思う方じゃない。敦くんもそう思うよねー？」

「あ、あの、おれ……」

「純情な少年を弄《もてあそ》ぶんじゃねぇ！」

すかさず、ハリネズミのリモコンで制裁を加えた。人工筋肉をマッサージされ、「はうううう」とりおの力が抜ける。鉄棒をつかんだまま、ずるずると体勢を崩した。

「まったく！　すみません、先輩。りおが敦に変なことを」

「ふ、ふふ……」

「先輩？」

「ふふふ……ごめんなさい、何だかおかしくって。何も笑うような要素はないのに、楽しくなってしまったわ」

そして、ルイはもだえ終わったりおを見ながら言った。

「りおさんは不思議な子ね。〈フェシット〉なのにあんなに柔軟な思考をしていて、皆《みんな》に愛嬌《あいきょう》を振りまいてる。まるで人間みたいだわ」

「あいつは実は特別なんです。ある計画をもとに造られて」

「ひょっとして、〈特一級人造人間《エクストラ・フェシット》〉計画かしら」

「え、先輩知ってるんですか？」

「〈フェシット〉を人間の家庭で一から育てて、より人間に近い〈フェシット〉に仕立てようという一大プロジェクト……話には聞いたことがあるわ。彼女がその対象機なら、あなたがつい最近まで〈フェシット〉と気づかなかったのも説明つくしね」

さすが先輩だと流人《りゅうと》は感心しつつ、少し苦笑も浮かべた。

「とは言っても、あいつ何かポンコツでそんな大層なのに見えないんですけどね……正直、先輩が感心していた柔軟さも、ただ単に精神年齢が幼いだけな気もするし」

「それが、すごいのよ」

「へ？」

「普通、〈フェシット〉は精神年齢が実年齢を上回るはず。たとえば、志賀見《しがみ》くんは私を何歳だと思うかしら？」

「え、そりゃ三年生ですし、一七とか一八とか」

「三歳よ」

さらっと漏れた言葉に、流人は「は？」と目を瞬《またた》かせた。

ルイは普段あまり彼女が見せないような、どこか悪戯《いたずら》っぽい表情を浮かべる。

「私は〈フェシット〉だもの。造られて三年しか経《た》ってないの。それも製造から数えての話。常盤《ときわ》家に購入されて、娘としてセッティングされてからだと二年でしかないわ」

「そ、そうだったんですか……」

「でも、精神年齢は十代後半のものとして造られた。私だけではなく、ほとんどの〈フェシット〉がそうなの。人間にとって必要なのは、ともに歳《とし》を取る存在ではなく、手っ取り早く家族の代わりとなる人形なのかもね」

その言葉は、少し辛辣なように流人には感じられた。

だが、現実にはどうだろう。人間は実際に〈フェシット〉を家族として迎え入れる。そして〈フェシット〉は歳を取らない。何とも奇妙なことじゃないか。流人は気分が悪くなってきた。

（りおはボディを替えて成長してきた。だけど、それもいつかやめる時が来るんだろうか……ずっと歳を取らない人形になる日が来るんだろうか）

想像しかけて首を振った。りおはりおだ。自分の家族だ。外部メンテナンスで彼女を触った時のぬくもりと、真剣な顔が脳裏に蘇《よみがえ》る。一番不安なのはりおかもしれない。

それよりも。未来より現在のことが大事だと、ルイを見た。

「話を戻しますけど、結局それだけ先輩は精神年齢がしっかりしてるってことですよね。それに、学校で生徒会長をやれるほどには能力もメンタルも高いし」

「そうね、それだけの自負はあるわ」

「そして今日の先輩を見ていれば、何より敦《あつし》のことを大事にしてると俺は思います。だったらたとえ上手《うま》く接してなくても、姉として振る舞ってると自信持っていいんじゃないでしょうか。姉弟《きょうだい》の形なんて、色々あっていいと思うし」

「…………」

「先輩？」

「ごめんなさい、気を遣ってくれて嬉《うれ》しいんだけれど……私は、ただ『姉』であるだけでは駄目なの。感情を理解し、優しくできる『姉』でなければ」

そう言って目を伏せるルイは、同時に自分の心も何かに閉ざしているようだった。

何か、家の事情があるらしい。

察した流人《りゅうと》は、それ以上何も尋ねられずに視線を前に向ける。そういえば、美奈《みな》も何か隠してたなと思いながら。

〈フェシット〉は心の隅に、人には話せない苦悩を抱えているものなのだろうか。

(やっぱり、人間が〈フェシット〉に期待をしてしまうからなのか?)

ふと考える。修司《しゅうじ》の言った言葉だ。あのときは何となく受け流していたが、それが一つの真理であるような気がした。

――もしそうなら、人間は期待を裏切った〈フェシット〉にどう接するんだろう?

それ以上考えるのが何だか怖くて、流人《りゅうと》は首を振って思考を打ち切った。

視界の端では、りおと敦《あつし》が無邪気に遊んでいる。

これが虚《むな》しい絵空事《えそらごと》でなければいいのにと、流人は胸の内でつぶやきながら、憂鬱そうなルイの横顔を見続けた。

敦と遊んでいたりおは、ふと流人たちの方を向いて声を上げた。

「ねぇ、お兄《にい》ちゃんたちも……」

と、その声が飲み込まれる。

視界の中に、ルイを見つめる流人の顔が飛び込んできた。

(お兄ちゃん?)

心にざわつきが生まれる。

ルイを見つめる流人の顔は、少し悲しげで、そして優しい。

あれじゃ、まるで――。

（やっぱり、お兄ちゃんは……）

胸の中でつぶやきながら、りおは胸元に手を押しつける。

ぎゅっと握っても、生じた不安はなかなか消えなかった。

◯

ほどなくして、志賀見兄妹《しがみきょうだい》と常磐姉弟《ときわきょうだい》は互いに別れを告げた。

「またね、兄ちゃん、姉《ねえ》ちゃん！」

元気に手を振る敦に、流人もりおも笑って手を振り返す。

そして二人して、家へと向かった。住宅街の路地を歩き出す。

途中で流人は軽くのびをしながら言った。

「あーあ、疲れた。でも先輩たちの役に立てて良かったな……りおもご苦労さん」

「あ、うん」

「……何だ？　何か声が暗いぞ。何かあったのか？」

「別に～。あたしもちょっと疲れたのかな」

あの元気の塊のようなりおが珍しい。流人はそう思ったが、考えてみれば敦の相手はほとんど彼女にやらせていたので、それも仕方ないかと考え直した。

と、ルイとの会話で考えたことを思い出す。

「なぁ、りお」

「うん?」

「あのさ、人間と〈フェシット〉って……」

歩きながら話そうと、よそ見をしていたのがまずかった。

ドンッ。

うっかり前に立っていた人物にぶつかってしまう。流人《りゅうと》は慌てて謝った。

「あ、すいません……え?」

相手の顔を確認して目を丸くする。隣でりおも息を呑《の》んだ。

「お前、アキラ……」

「よぉ、仲良し兄妹《きょうだい》」

アキラは不機嫌な声で告げた。

夕日を背にし立ち尽くす姿は、黒い一本の棒のようだった。

顔も影に彩られていて、よく見えない。ただ、険しい表情をしていることだけは容易に想像がついた。

彼は一歩前に踏み出すと、影を濃くしながらつぶやく。

「公園では活躍だったみたいだな。あれは生徒会長だろう? 他所《よそ》のご家庭の姉弟《きょうだい》まで面倒見るなんて、親切で素晴らしいじゃないか」

「な、何だよ、のぞき見してたのか……俺たちが他と仲良くしていて、文句あるのか？」

「前にも言ったはずだ、〈フェシット〉は人間が造った人形だと。生徒会長のところはどうか知らんが、お前の妹は〈フェシット〉のはずだ。それが兄だけでなく、他人の姉弟とも仲良くするなんて、すごく滑稽《こっけい》でな。人間にでもなったつもりか」

りおのことを貶《けな》されて、流人はかちんと来た。

しかし、相手の目的は明らかに挑発だ。このまま激情に駆られれば思うつぼだろう。

何とか冷静さを保ち、アキラがこんなことを言う理由を考える。

「お前、やっぱり〈フェシット〉が嫌いで……」

「ああ、そうさ！」

次の瞬間、アキラが猛烈な勢いで右手を横に突き出した。

ガコッ、と音がして塀が大きく陥没した。高密度コンクリートでできたブロック塀が。

「……!?　お前、なんて馬鹿力だ！」

「これは最初で最後の忠告だ」

流人の驚きを無視して、アキラは顔を近づけて言った。

「すぐに、〈フェシット〉と関わるのはやめろ。妹とも口を利くな。どうせ、それが貴様と妹のためでもある」

「何をわけのわからないこと言ってやがるんだ！　そんなもん、聞き入れるわけにはいかねぇだろ！」

「では、仕方がないな。貴様をこの塀のようにしてやろうか」

「……！」

「それとも、まずは妹から同じような目に……」

「や、やめろ！」

「だったら、ここで誓え！　二度と〈フェシット〉と関わらないと！」

目を血走らせ、声を荒らげるアキラに、流人《りゅうと》は改めて狂気のようなものを感じた。

こいつは、本気だ。逆らったら何をするかわからない。

だが、自分の兄としてのプライドに賭けても、彼の要求に従うわけにもいかなかった。

苦悩した流人が押し黙った、その時。

「お兄《にい》ちゃんをいじめるな！」

りおの声が響いた。攻撃の意志のある叫びが。

しかし、アキラと彼女の間には五メートル以上の距離が開いている。すぐにどうこうできる距離ではない。

――だから、アキラも油断したのだろう。

突如、高速で飛来した手のひらに襲われ、彼はバランスを崩した。

「ぐあぁっ⁉」

りおの右手——ワイヤードパンチに襟首を掴《つか》まれる。すかさず戻るワイヤーの動きに合わせ、乱暴に引きずり倒された。

うめき声を上げながらも、何とか立ち上がると、今度は白いものが飛んできた。足だ。距離を一気に詰めたりおの回し蹴りだった。華麗なフォームで、動きも速い。

再度、アキラは地面へとたたき付けられた。「ぐぅっ！」と苦痛の声をもらす。

倒れる彼の前で、得意顔のりおが胸を張った。

「ふふん、あたしを舐《な》めると怪我《けが》するよ！　これでも小さいころからずっと動画見て、技を練習してきたんだから！」

「技の実験台はいつも俺だったけどな」

りおの趣味が格闘技観戦だったことを、幸と取るか不幸と取るか。微妙に判断のつかない流人だった。とりあえず、この場は助かったが。

呼吸一つで気持ちを切り替えると、倒れているアキラに歩み寄る。このまま放っておくのも寝覚めが悪い。

何しろ蹴りがもろに入ったのだ、怪我の具合を確かめてやらなければと思った。が、

「おい、大丈夫か」

「触るな！」

意外にもすぐに起き上がると、彼はまだ衰えぬ闘志で流人《りゅうと》をにらみつけた。

そして流人の肩を強く押し――――次の瞬間、アキラの体は、びくっ、と硬直する。

「ぐっ、ううぅっ？」

うめき声とともに顔中を苦痛の色が埋め尽くし、彼は体を折り曲げた。

流人は驚きのあまり、その場で立ち尽くした。

「お、おい、どうした？　どこか痛むのか？」

「う、うるさい……ぐっ、ぐうぅああ！」

「ちょっ、尋常な苦しみ方じゃないぜ!?　病気か何かか？」

「ううん。たぶんお兄《にい》ちゃんを強く押しのけようとして、体に負荷がかかったんだよ」

「え？　どういうことだ、りお？」

兄の問いに、いつになく真剣な顔で妹は「〈レジストレベル〉だよ」と返した。

「〈レジストレベル〉？」

「〈フェシット〉はね、人間への安全装置として補助コンピュータに〈レジストレベル〉という値が設定されてるの。〈フェシット〉本体が人間へ危害を加えようとした時、体を無理矢理《むりやり》活動停止に追い込むために、人工筋肉に強い負荷をかけるようになってるの。レベルが高ければ高いほど、与えられる苦痛は高くなるようになってるんだよ」

「へぇ。あれ、でもお前は俺を格闘技の練習相手にしてたじゃねぇか。あれはいいのか」

「あたしは〈特一級人造人間《エクストラ・フェシット》〉だからねぇ。〈レジストレベル〉も特別に0で人間を攻撃しても良かったりするんだよ」

「おい、そんなのありかよ」

流人はりおというより麗《れい》に向かってつぶやいた。どうせ、あの母親が面白そうだからってそういう設定にしたに決まってる。他の〈フェシット〉は人間に反抗できないという、ある種奴隷の烙印《らくいん》のような機能を強要されているのに。

そこまで考えてから、流人ははっと気づいた。

「いや、ちょっと待てよ！　それじゃアキラは？」

りおなら〈分析眼《アナライズ・アイ》〉が使える。もしかして、という疑問に答えたのはアキラ自身だった。

「そうだ、お前の推察通り……オレは〈フェシット〉だ」

「何だって!?　でも、お前〈ノエシット〉が憎いって言ってたじゃないか！」

「そうだ。オレは〈フェシット〉であるこの身が憎い……〈フェシット〉を家族扱いする人間も憎い……この世界のすべてが憎いんだ」

正気を失ったその目は渦を描き、憎悪の炎を燃やしていた。

彼の憎しみが本当だと知り、流人は息を呑《の》む。

「一体、何がお前をそこまでさせるんだ？」

「貴様にはわからんだろう。どうせ苦労もせずに、のほほんと生きてきたんだろうからな。

だから人間のくせに、〈フェシット〉と家族をやるのに何のためらいもありはしない……

だがな、貴様が想像している以上にこの世界は醜悪なんだ」

「醜悪……？」

「ああ。それを知った時、貴様がどうなるか楽しみだ。今のように仲良く兄妹《きょうだい》ごっこなんてしてられるかな!?」

そう言ってアキラは「ははは」と嘲笑をこぼした。どこか自嘲《じちょう》に満ちた笑みでもあった。

流人《りゅうと》とりおは呆気《あっけ》にとられて、顔を見合わせる。

そこに、一瞬の隙があった。

「だが、その前に！　貴様にはさっきの借りを返してやる！」

振り向きざま、アキラがりおに殴りかかる。急なことなので、りおも反応が遅れてしまったようだ。

そうか、と流人は考えた。

りおは人間じゃない。だからアキラでも殴れるのかもしれない。

——全部考える前に、体が動いていた。

ガシッ。

「えっ？」

「やめろよな。女殴るなんて……人間とか〈フェシット〉の前に、男として格好《かっこ》悪いぜ」

アキラの手首を握りしめ、息を吐く流人。

拳は目をつぶるりおの眼前すれすれで、止めることに成功している。

「き、貴様、どうして……」

「どうしてって、妹だし女の子だ。守るの当然だろ？」

「そうじゃない！　どうしてオレのスピードについて来れるんだ！」

「……？」

流人は首をかしげながらも、アキラを手首ごと突き飛ばした。

アキラはたたらを踏んで後ずさる。が、そのことは気にも留めないかのように、目を丸くしたまま流人を見つめ続けていた。

「お、覚えてろよ！」

結局、彼は使い古された捨《す》て台詞《ぜりふ》を残すと、その場を走り去った。

その背中をぽかんと見送っていると、横でりおが疲れたようにつぶやく。

「……しかし、アキラくんってば迷惑だねぇ。また絡んでくるのかなぁ」

「さぁ、どうだろうな。何かあいつ、〈フェシット〉というより〈フェシット〉と人間の両方に恨みがあるみたいだったけど。どちらにしろ、いい加減にしてほしいよな」

流人はため息をこぼした。

〈フェシット〉であるルイや、修司《しゅうじ》に美奈《みな》――それにりお――に囲まれて、彼は〈フェシット〉に好感を持っていた。彼らは人間と何も変わりなく、一緒にいて楽しい存在だ。

だが、アキラは別だ。彼とは関わってるだけでしんどくなる。次もまた因縁をつけてくるんじゃないかと思うと、憂鬱でたまらなかった。

ぼそり、と願うようにつぶやく。

「本当、誰か何とかしてくれねぇかな」

○

次の日は土曜日で休日だった。

あくびをしながら、寝ぼけ眼《まなこ》を擦《こす》って流人《りゅうと》は起き出した。

リビングに降りると、珍しく麗《れい》が食卓についている。昨日「やー、何年かぶりに休日に休み取れたわ」と笑いながら告げていたのを、流人は思い出した。

「母《かあ》さん、俺のメシは？」

「自分で作りなさいよ。ママは久しぶりの休暇を満喫したいの」

「久しぶりの休暇なんだし、たまには子供にメシ作ってくれたっていいじゃねぇか」

軽口を返しながらも、流人はトーストの用意をした。もうすぐ起きてくるだろうりおの分も一緒だ。

と、携帯の着信音が鳴った。すわ、自分のかと思いきや、麗が「私だね～」と食卓におい てあるスマホを取り上げた。

何やらメッセージが届いたようで、顔をしかめてつぶやいた。

「せっかくの休日に何よもぉ!……うん、ん～?」

「何だ、何かあったのか?」

「いやね、学校に関する重要なお知らせよ。しかも、微妙にあんたと関係があるわね」

「は、俺?」

「うん、あんたのクラス一Dだったでしょ。鳴滝《なるたき》アキラって子知らない?」

「ああ、知ってるよ。〈フェシット〉のくせに〈フェシット〉嫌いな奴《やつ》で……」

そう言ってから、流人は口をつぐんだ。思わず他人に彼の素性をバラしてしまったが、良かったんだろうか。これではりおのことを責められない。

だが麗は、そんな我が子の心中を察したらしく、軽く手を振る。

「基本〈フェシット〉は、他生徒に対して素性を隠してようと隠してまいと、全員学校側には申請しているわ。そうしないと、学校側でもフォローできないからね。だから気にしなくていいわよ」

「はぁ」

「それより、その子に関してのお知らせなの。昨日、人間と思《おぼ》しき生徒と喧嘩《けんか》してたって報告があってね。その人間を怪我《けが》させようとしたそうなの」

「それ、俺だわ」とはさすがに流人《りゅうと》も言えなかった。ばつの悪い気持ちで母親から目をそらし、次の言葉を待つ。

「それを聞いた鳴滝《なるたき》アキラくんの親、つまり購入者がそれを申し訳なく思ったらしくてね」

「ひょっとして、アキラのやつを休学させるとか？」

「いいえ」

麗《れい》は首を横に振ると、次の台詞《せりふ》を実にあっさりと放った。

「廃棄処分にしたわ」

「……は？」

はいきしょぶん？

頭が単語の意味を理解しかねて、流人は何度も目を瞬《またた》かせた。

麗が重ねて答える。

「だから、廃棄処分。〈フェシット〉である彼を、不要と判断して捨てたの」

「え……え、え？」

だがやはり、その事実に理解が追い付かず、流人は頭が真っ白になった。

第六話　『疑似家族』発動

休日が明けて、流人はいつも通り学校へと向かった。

いや、いつも通りとは言い難《がた》い。何しろ頭がボーッとしており、体も心なしか重い。

土日を挟んだために、月曜病になった──わけでもなかった。

「大丈夫、お兄《にい》ちゃん？」

「ああ……」

隣で心配するりおに生返事を寄越《よこ》し、よろよろとクラスに向かう。

しばらくして、担任教師がやってきた。

「あー、皆《みんな》に伝えておく。鳴滝アキラが家庭の事情により、急遽《きゅうきょ》引っ越すことになった」

その言葉に、一同がざわついた。

「マジかよ、俺ら入学したばっかなのに」

「入学から一ヶ月《かげつ》も経《た》ってないのに転校なんて、大変ねぇ」

「でもあいつ、無愛想《ぶあいそう》でよくわからない奴《やつ》だったから、いなくなってほっとしたけどな」

「そうそう、何かジロジロにらんできたりしたもんね」

本人がいないのをいいことに、段々と陰口大会になる。アキラが周囲に与えていた印象がわかるというものだ。

「静かに。とにかくそういうわけだから、伝えたぞ」

そして一度職員室へと戻っていく。

それを見送りながら、流人《りゅうと》はぼんやりとつぶやいた。

「本当だったな」

「本当だったね」

いつの間にか隣にきたりおも、相づちを打つ。

恐らく担任教師も、寝耳に水の情報で慌てただろう。アキラが転校というのは、もちろん嘘《うそ》に決まっている。

流人の脳裏に、麗《れい》との会話の続きが蘇《よみがえ》った。


——以下、回想——


「どういうことだよ、廃棄って!」

やっと事情が飲み込めた流人が叫んだのは、麗が朝食を終えた後だった。

かじりかけのトーストを片手に、憤然と母親に尋ねる。しかし、麗は涼しい顔で答えた。

「元々ね、アキラくんは問題児だったらしいわ。中学のころから購入者の鳴滝《なるたき》家の言うことを聞かず、周囲とトラブルばかり。両親もずっと手を焼いてたらしいわ」

そして、じっと流人の目を見て尋ねる。

「知ってる？〈フェシット〉はね、なかなか性格を修正できないのよ」

「〈イデア〉の学習傾向のせいで、頑固だって言うんだろ。それは聞いた。でも、人間だって同じじゃねぇか」

人間にだって頑固な奴《やつ》はいる。いや、性格が固定されるのが頑固と言うなら、人間は全員頑固と言ってもいい。

アキラのように、周囲とトラブルを起こす人間もいるはずだ。だが、そんな子供を親は廃棄したりしない。

「なのに、〈フェシット〉は都合が悪くなったら、自分の思い通りの性格でなかったら、棄《す》てるのかよ。それじゃまるで、人じゃなくて物みたいじゃないか！」

「物よ」

「え？」

「〈フェシット〉は人じゃなくて物なの。お金を出して、客が受け取る商品。そこに我が子のように接する義務はないわ」

麗の言葉は氷のように冷たかった。

流人《りゅうと》は言葉も出ず、つばを飲み込む。

「でも……」

やっと絞り出した。

「でもそれじゃ、何のために〈フェシット〉を家族に……」

「人間はね、ないものを欲しがるの。子供がいない家庭は子供を。兄弟がいないなら兄や弟を、姉や妹を。それを叶《かな》えてくれるのが〈フェシット〉。実に人間にとって都合のいい存在だわ」

「………」

「実際の話ね、〈フェシット〉の廃棄は珍しくも何ともないの。自分の思い通りの子供、兄弟――そういった存在に育たなかった場合、彼らを廃棄する家庭はいっぱいあるわけ」

流人は目の前が暗くなる気分を味わった。

脳裏に、アキラが放った言葉が思い出される。

――貴様が想像している以上に、この世界は醜悪なんだ。

彼は、すべてわかっていたに違いない。人間の思い通りにならなければ、自分が廃棄されることも。

「でも、廃棄といってもスクラップにするわけじゃないわ。何しろ〈フェシット〉は高いからね。人工知能を初期化して、今までの記憶を消去するの。そして、一度生産会社に引き取ってもらって……」

「そういう問題じゃねぇよ！」

　朗らかに言う母に、流人は苛立《いらだ》ちを隠せなかった。

「記憶を無くす時点で、もう自分ではなくなるってことじゃねぇか！　それを、勝手に人間が決めていいのかよ！」

「だから、〈フェシット〉は商品だし……」

「俺は……！　俺はそんなの、認めたくねぇ……！」

　そして、席を立ち上がると自分の部屋へと向かう。

　ドアの外でりおとすれ違った。どうやら話を立ち聞きしていたらしい。

「なぁ、りお」

「何、お兄《にい》ちゃん？」

「……いや、何でもない」

　本当は言いたかった。

　俺は何があっても、りおを廃棄するような真似《まね》はさせないと。

　だが、どれだけ自分一人があがいても、社会というシステムがそれを認めてくれるかどうかは別だ。そして、今のところ〈フェシット〉は捨てられるのが常識らしい。

　苦い思いを飲み込み、流人は階段を上がった。

回想を終え、流人《りゅうと》はため息を吐《つ》いた。教室をぐるりと見回す。

修司《しゅうじ》が、美奈《みな》が、目に映った。

そしてクラスメートたちの顔。この中に、自分が〈フェシット〉であると隠している者が、まだ存在している可能性はある。

それが、ある日突然消えるかもしれないのだ。今日のアキラみたいに。

いや、クラスメートだけではない――

「……？　どうしたの、お兄《にい》ちゃん。あたしの顔に何かついてる？　あ、ひょっとして可愛《かわい》いりおちゃんに見とれちゃったかなぁ？」

「アホ言え」

すげなく返しながらも、流人は内心穏やかではなかった。

――りおも同じ目に遭わないという保証はない。

計画をもとに作られた実験台が、何かしらの都合でいきなり廃棄される。そんな未来図を予想して、流人は戦慄した。

（冗談じゃない、〈フェシット〉にも心があるんだ。社会の都合で壊させてたまるか）

だが、自分に何ができるのかとも思う。

つい最近高校生になったばかりの、小さな子供にしかすぎない自分に。

「？」を浮かべるりおから目を背けるようにしてうつむくと、流人は拳を強く握りしめた。

「というわけなんだ」

「……そんなことがあったんですね」

授業が終わった後、流人は美奈を図書館へと誘った。りおも一緒である。

個室を借りて、美奈にアキラについて語った。本来なら、他生徒には秘密にしなければいけないことかもしれない。だが、どうしてもこのことについて〈フェシット〉側の意見が聞いてみたかったのだ。

「美奈はどう思う？　やっぱり〈フェシット〉は廃棄されても仕方ないのか？」

「そうですね……私はそう思います」

美奈は少し悲しそうに目を伏せて言った。

「私たちは、流人さんのお母《かあ》さまがおっしゃる通り商品にしかすぎません。もしも不具合があれば、廃棄・返品されるのは当然のことです。もちろん、そうならないように努力は必要です。でも、どうしても気に入らないのであれば……」

受け入れの言葉に、「そうか」と肩を落とす流人。正直この反応は予想済みだった。

つい先ほど、同じことを修司にも話したのである。自由で柔軟な発想を持つ彼ですら、この話には同意を示したのだ。

『〈フェシット〉って結局は、人間そっくりの物であって人間にはなれないんだよな。だからどう扱うかは人間次第なんだよ。それに人間が〈フェシット〉に過度な期待を持つのは前に言っただろ？　だから期待通りにならなかったら、その反動でどんな残酷なことでもしてしまうのさ。何しろ物だからな』

どこか悟ったような意見――住職用に購入された〈フェシット〉だからか――に、流人《りゅうと》は驚くと同時に納得もさせられてしまった。

修司《しゅうじ》がこう言うのだから、美奈《みな》の意見も予測がついていた。

ふと、りおが気遣わしげに美奈の方を見て言った。

「ねぇ、美奈もお祖母《ばあ》さんの期待に応えられてないって悩んでたよね。ひょっとして、そのままだとまずかったりする？」

「あ……」

流人は以前、美奈が何か隠している様子だったことを思い出した。

まさか、彼女も？

少し逡巡《しゅんじゅん》してから、美奈はうなずいた。

「はい。お祖母さまは優しい方なので、私を廃棄になどとは言いません。ですが、購入者であるご子息夫妻が、私がお祖母さまの期待に応えられないなら廃棄も考えると」

「そんなぁ！　それって酷《ひど》くない!?」

「いいえ、当然の判断です。実際にお祖母さまの期待に応えられてないのは確かなんですし……私にできることは廃棄にならないよう、何より敬愛するお祖母さまの期待に応えられるよう、努力を重ねることだけです」

前向きだが、どこか達観した言葉。それは自分の人生を諦める言葉だ。

そして今は〈フェシット〉が人生を諦めるのが、当然な世の中だという。

流人は首を振った。

「俺は嫌だな……」

「流人さん？」

「俺は、せっかく知り合った友達を、そんな形で失いたくない。修司も、美奈も」

「……ありがとうございます」

美奈は深々と頭を下げたが、それでもその声から諦念《ていねん》の色が消えることはなかった。

○

「結局、今の俺にできることって何だろうな」

「何が？」

不意に兄が尋ねてきたので、妹——りおは首を傾《かし》げた。

彼、流人《りゅうと》は真顔で言葉を続ける。

「〈フェシット〉のことだよ。修司《しゅうじ》や美奈《みな》、それにルイ先輩だって、それぞれ家庭に事情を抱えてる——修司はそこまで深刻でもないかもしれないけど。でも、いずれ処分される可能性があるのは誰だって一緒なんだ」

「あ、うん。確かに」

「そんなの、俺はイヤだ。人造人間である皆《みんな》に、何かをしてやりたい。でも何をすればいいか思いつかねぇ」

「うん」

「こんなに悩んだのは初めてだ。一体、どうすればいいんだろうな」

「そうだねぇ……少なくとも、これじゃないと思うよ」

りおが冷ややかに言うと、流人は「え？」とニッパーを持つ手を止めた。

——彼は自室にレジャーシートを広げ、そこでプラモデルを作っていたのだ。

渋いことに名所旧跡のプラモデル。今作っているのは姫路城《ひめじじょう》だ。手先が意外と器用なのか、猛スピードでパチンパチンとランナーから部品を切り離していく。

各パーツにはあらかじめ塗装もしてあり（スプレーした塗料の対策にシートを敷いていたのだ）、組み立てると鮮やかな城ができあがっていった。緑のパウダーで石垣に苔《こけ》を生やすのも忘れていない。

そんな兄をりおは、思い切り白い目で見た。

「お兄《にい》ちゃん、いつの間にこんな趣味始めたのさ？」

「この間、お前が入院してる時。プラモ作ってる動画見てさ、何となく真似《まね》したらハマったんだよ。無心になって心が落ち着くから考え事に最適なんだ……お前もやってみるか？」

「あー、うーん。どうしようかなぁ、でも宿題あるしなぁ」

明らかに、やりたくないというニュアンスを含ませてみる。

だが、流人は喜びに顔をほころばせた。

「そうか、そんなにやってみたいか！　よし、このニッパー貸してやろう！」

「こっちの空気読めてない⁉　いやあのね、お兄ちゃん。あたしは別に」

「初心者はこっちのキットから作るのがいいな、パーツ数が少ないし。いや待てよ、いっそこっちのガ〇プラの方が」

「お願いだから聞いて！　……はぁもう、しょうがない付き合うかぁ」

渋々とニッパーを受け取ると、りおは渡されたロボットのプラモデルに手を伸ばした。

（お兄ちゃんって時々、動画から変な影響受けるんだよね……）

少し前は一時期お菓子作りなどにも凝っていた。それは恩恵でしかなかったが、プラモ作りは興味ないので面倒くさい。

まぁ、格闘技の動画にハマってずっと練習相手をさせていた自分が、言える義理ではないかもしれないが。もう少し女の子の気持ちを色々と理解してほしい。色々と。

そして、りおはちょこんと流人《りゅうと》の隣に座る。ちらりと兄の横顔を見ると、真剣そのもので凛々《りり》しく、思わず息を呑《の》んでしまった。何となく胸がじんわりと温かくなってくる。

（まぁ、たまにはこういうのも悪くないかな）

この時彼女は、間違いなく幸せな気分に包まれていた。

流人は知らないだろう。自分が彼の側《そば》にいるだけで、どれだけ穏やかな気分になれるか。

流人の近くはりおにとって、侵しがたいテリトリーなのだ。彼の素っ気ない優しさは、触れているだけで救われる気分になれるし、もっと独占したいという欲も生み出してくる。

独占。それはできれば、『妹』としてではなく——

（でも……）

りおは心の中で憂鬱な顔をした。『兄』には決して見せない顔だ。

流人が自分のことを、妹として扱おうとしているのはわかっている。血が繋《つな》がってないどころか自分が人間でない事実さえ、その扱いを変える理由にはしない。

その硬派なところは好感すら持てるが、少々頑固じゃないかとりおは思うのだ。

おまけに最近では、歳上《としうえ》の先輩に鼻の下をのばしている始末だし。

（あたしはこのまま、ずっとお兄《にい》ちゃんの隣にいられるのかな。それとも……）

そんな不安を抱きつつ、彼女はプラモの箱を開けた。

——数時間後。

「どう、お兄ちゃん？　『素組み』とかいうのできたよ！」

「うん、なかなかいいな。初心者にしては上出来だ！　後はこのペンで色塗ってみろ！」

「よっしゃぁ！」

そこには全力でプラモ作りを楽しむりおの姿があった。

先ほどの憂鬱もどこへやら。何ごとにも熱中し、楽しめるのが彼女の長所である。

やがて兄妹《きょうだい》そろって作り上げたプラモの数々は、写真に撮られ、ＳＮＳで拡散したところかなりの評価をもらえたので二人は大いに満足した。

満足してから、流人が我に返った表情を浮かべる。

「いやいや、違う。〈フェシット〉について考えないと！」

「んもう、何やってるの。結局考えるどころか無心でプラモ作って終わりじゃない！」

「お、お前だって一緒になって楽しんでただろ！」

「始めたのはお兄ちゃんなんだよ！」

二人してわーわー言い合ってから、一度呼吸を整えた。

「とにかく、〈フェシット〉の問題だ。このままにしたくねぇ……でも、世間じゃ廃棄処分してもいいっていうのが常識だし、社会動かすほどの力なんて俺にはねぇしなぁ」

「いっそのこと、ビラ配って街頭演説でもしてみる？」

「それでどうにかなるなら、いくらでもやるって。だけど、世の中そんなに甘くねぇんだ。高校生が演説したところで、何も変わらない」

「うーん、それもそっか」

「せめて、〈フェシット〉のためになるようなことを何かできないかな。少しでもいいんだ、家族について悩む〈フェシット〉の手助けを……」

うーん、とうなる流人《りゅうと》を見ながら、ふとりおは足下のレジャーシートをつまんだ。微笑を浮かべながら告げる。

「それにしても懐《なつ》かしいね、これ」

「うん？」

「昔、よくこれ広げておままごとしてたじゃん。あたしが奥さん、お兄《にい》ちゃんが旦那さん」

「あ、ああ。そうだったか？」

「そだよ。それで、お兄ちゃんが仕事をリストラされたばかりで公園で鳩《はと》に餌をやってるのを、あたしは見抜いていて優しく包み込んであげながら、生計を立てるために自分は一生懸命パートとか頑張るの」

「……そんな細かい設定してたっけ。というか、情けなさすぎるだろ旦那の俺」

流人は呆《あき》れて半分目を閉じながら、りおにならってシートをさすっていたが、やがて首をかしげて何か思いついたかのようにつぶやいた。

「ままごとか、ちょっと待てよ」

「どうしたの、お兄ちゃん？」

「突拍子《とっぴょうし》ないかもしれねぇけど、何もしないよりマシだって言うなら……」

りおの問いかけも無視してぶつぶつこぼすと、やがて決意の表情で一つうなずいた。


ルイは少し鬱々とした気持ちを抱え、生徒会室のある棟へと向かっていた。

別に業務を行うのがおっくうなのではない。むしろ生徒会の仕事は自分にとっても天職だと思う。この学校の問題に取り組み、解決することにやりがいを感じる。

だが、生徒たちの面倒を見ることはできても、弟の面倒を満足に見られないのでは——

彼女の憂鬱の原因はここにある。

先週、流人やりおに手伝ってもらった時、弟の敦《あつし》は楽しそうにしていた。

だが、自分と二人きりだとやはり複雑な表情をする。話しかけても避けてくるのだ。

（それは、仕方ないかもしれないわね）

ルイは心中でつぶやいた。

だって、私は所詮——だから。

そしてため息を吐《っ》いて、歩を進めていく。

流人とりおと会った、例の近道だ。彼らと会って、兄弟のあり方を学んでみるのもいいのではないか。ふとそう思う。

（特に流人《りゅうと》くんには、もっと学ぶべきことが……）

そんなことを考えていたからだろうか。

「ルイ先輩」

「ひゃっ？」

後ろから声をかけられて、ルイは思わず変な声を上げてしまった。

振り返ると、そこには流人とりおが立っている。流人は屈託のない笑みを浮かべ、りおはどこかすねたような不機嫌な顔をしていた。

幸い、さっきの声は聞かれていないようだ。咳払《せきばら》いをし、ルイは改まって尋ねる。

「流人くん、りおさん。こんなところでどうしたのかしら？」

「先輩を待っていたんです。教室では忙しいだろうけど、ここなら会える気がして」

そして、流人は表情を少し引き締めた。

「実は……」

クラスメートが〈フェシット〉で、家族の理想通りにならなかったから廃棄されたこと。他にも、すぐ廃棄とはいかないがそう脅されてる友人がいることを流人は告げてきた。

その声はどこかやるせなさそうで、ルイは「ああ」と思った。この後輩は、〈フェシット〉の境遇に同情してくれてるのだと。

「あなたが気に病む必要はないわ。〈フェシット〉とはそういうものよ」

「俺もそう聞かされた。でも納得はできねぇよ。先輩も、ひょっとしてそういう境遇にあるんじゃないのか？」

「実のところね……敦《あつし》に対していい姉として振る舞えなければ、今年中に廃棄もやむを得ないと言われているわ」

「やっぱり！　しかも今年中って……」

流人は衝撃を受けた顔で、りおと顔を見合わせた。りおも不安な表情を浮かべている。

二人してうなずくと、改まったようにこちらを見つめてきた。

「実は、先輩に提案があるんですけど」

「提案？　どんなものなの」

「その、先輩……俺たちと家族になりませんか？」

その言葉に、ルイは呆然《ぼうぜん》と首をかしげた。

「つまり、俺たちで家族ごっこをしようってわけだ」

とある空き教室にて。流人はその場にいるメンバーを見回して言った。

「この世界を変えるなんて、でかいことはとてもじゃないができねぇ。でも、家族の間で不和が生じて悩んでる〈フェシット〉たちの、助けになることならできるかも知れない。

具体的には、〈フェシット〉と人間で家族のまねごとをして、家族との付き合い方や、人間としてのあり方を練習していくんだ」

自分と関わり合った〈フェシット〉は、多少なりとも家族関係に問題を抱えていた。家族との付き合い方が下手《へた》とも言える。

なら、下手なものは練習するべきだ。家族ごっこ——ようはままごとだが、赤の他人同士で家族のあり方を研究することで、本来の家庭との付き合い方を学んでいけばいい。

「そうすれば、人間に廃棄されることもなくなるはず……これが俺なりに考えた、〈フェシット〉に対してできることだ」

「でもそれって、参加者は〈フェシット〉であることを明かさないといけないんだろ？」

質問をしたのは修司《しゅうじ》だった。ちらちら、と他の面々の顔を見ている。〈フェシット〉のための計画なら、ここにいる人物は〈フェシット〉だと半分バラされてるようなものだ。

だが、流人《りゅうと》も無責任にメンバーをここに呼んだわけではなかった。

「もうすでに母《かあ》さ……理事長に話は通してある。この計画は特殊な課外授業として、参加者の秘密は学校側が責任を持って守ってくれる。その条件で〈フェシット〉の正体を参加者にオープンにしていいか、確認の連絡がそれぞれの家に行ってるはずだ」

「ああ、うちにも来たよ。親父《おやじ》も同意した。まぁ、おれは元々〈フェシット〉であることをバラしてるからいいんだけどさ」

流人やその側《そば》にいるりおの顔を見てから、恐る恐るといった具合に、少し離れた場所にたたずむ少女を見つめた。

「まさか、美奈《みな》ちゃんも〈フェシット〉なのか？」

流人は彼女に目線で尋ねた。首を横に振るなら、人間側の立場として参加するとごまかすつもりだった。

首を縦に振り、美奈は自ら白状した。

「うちにも確認は来ました。息子さん夫婦は難色を示しましたが、教育に役立つことなら立派に務めてきなさいと、お祖母《ばあ》さまの鶴の一声で決めました。そのためなら、〈フェシット〉としての素性を明かすことも構わないと」

「じゃあ、やっぱり〈フェシット〉だったのか……」

「はい、さすがに上南《かみな》グループの総帥《そうすい》が〈フェシット〉を孫娘にしているのは、醜聞になりかねないと色々な方から公開は止められてたんです。今まで騙《だま》していてすみません」

「いやいや、そういう事情があるなら仕方ないって。でも、これで二人きりの秘密ができたってことで、おれたち特別な関係だよね……美奈ちゃん、今度デートでもしない？」

「え、え？」

「二人きりでもねぇし、どさくさに紛れて変な要求をするな！」

流人は修司を一発はたいた。ビッグになる男のくせに、やることがせこい。

と、最後の一人――ルイが静かに挙手してみせた。

「確認の通達なら私のところにも来たわ。私は元々、伏せても伏せなくてもいいと言われているのだけれど、改めて言うわね。私も、〈フェシット〉よ」

「へー」

「何だ、先輩にはえらくリアクション薄いんだな修司《しゅうじ》」

「いやさ、何か逆に納得しちゃってさぁ。先輩ほど〈フェシット〉らしい〈フェシット〉はいないんじゃね？」

「そうですね。何ごとにも動じない理知的な姿は、同じ〈フェシット〉として憧れるものがあります」

「……そのせいで私は苦労しているのだけれど」

目を輝かす後輩二人に、ため息を吐《つ》くルイ。

ともあれ、この五人が家族ごっこ――通称『疑似家族計画』のために集められたメンバーだ。流人《りゅうと》以外が〈フェシット〉なのは、内容を考えれば当然の帰結である。

この『疑似家族計画』、最初は一回だけのお遊びみたいな感じで考えていた。だがりおと相談しているうちに「クラブ活動みたいな継続するものがいいんじゃないのか」という考えになり、さらに学校に申請するならと母親にも相談を持ちかけたところ、

『面白そうじゃん。いっそ学校の授業計画として組み込んじゃお☆　大丈夫大丈夫、都合

の悪いところは学校で面倒見てあげるから。あ、具体的な計画の指導は、言い出しっぺのあんたがやんなさいよ』

と軽く言われ、正式な課外授業——〈フェシット〉のためであるという目的を秘匿《ひとく》するため、正式と言えるかどうかは微妙だが——として認められたのである。

（つい最近高校生になったばかりなのに、計画の指導とか言われてもな）

流人はぼやきながらも、母の言い分である「言い出しっぺは自分」に正当性を認め、やむなく計画に着手した。

メンバーを厳選したのも流人だ。彼らが自分の友人であるからという理由ももちろんあったが、祖母や弟とどう接すればいいかわからない美奈《みな》やルイ、家族は関係ないが住職という役割に思うところのある修司は、計画の人選としては最適だろう。

だが、そんな彼にも一つだけ想定外なことがあった。

「とりあえずはこのメンバーで『疑似家族計画』を進めたいと思う……んだけど、りお」

「何、お兄《にい》ちゃん？」

「『何』じゃねぇよ。何でお前まで参加したんだ？　別に家族のことで悩んでるわけじゃないだろ、うちは不仲じゃないし。正直いなくてもだなぁ」

確かにりおが他の〈フェシット〉のように廃棄されるんじゃないかと危惧《きぐ》したが、それはあくまで実験結果の話だ。りおと家の不和を疑問視したわけではない。

しかし、りおはそっぽを向いて口笛を吹くと、

「いいじゃん、あたしも計画の相談に乗ったんだし。それに、あたしだってお兄《にい》ちゃんのことで悩んでるもん」

「え、俺何か悪いことしたかよ?」

「内緒～!」

可愛《かわい》らしく舌を突き出してきたので、流人《りゅうと》は後頭部を掻《か》いた。

(まぁ、いいか。近くにいてくれた方が、いざという時守れるだろうし)

ぱっちりとした妹の瞳を見つめながら、流人は密《ひそ》かに決意を固めていた。

りおを廃棄させようという兆しがあるなら、一緒に逃げてでも守ろうと。

(……あ、いや。別にそこまでりおに入れ込んでいるというわけじゃねぇぞ。あくまで兄の立場としては、妹を守るのは当然だからな)

誰に対しての言い訳かわからないが、流人はそんなことを付け加えた。

目線の先には、ルイが端麗な顔でこちらを見つめている。少し胸が高鳴った。

「それで流人くん」

「あっ、はい?」

「これからどういうふうに家族について学ぶか、具体的な計画は立っているのかしら」

「……すみません、それがまだ」

「おいおい、ぶっつけ本番かよ」

「しょうがないだろ、家も割と放任主義だったんだ。理想的な家族とかよくわからないし、手探りでやっていくしかねぇよ」

自分も『疑似家族計画』の一員だ。むしろ学んでいく立場でもあるだろう。

とにかく、家族で思いつく限りの団欒をやっていくしかあるまい。

――ふと、不安の影が胸を覆った。

（こんな俺で、本当に『疑似家族計画』を成功させて、〈フェシット〉を助けることができるのか……いや、これで理想の家族関係が学べたからって、〈フェシット〉が廃棄されなくなるって保証できるわけじゃないんだ）

社会にはなお醜悪な闇が巣くっている。人間が本質を変えない限りは、〈フェシット〉はいつだって廃棄の危機に立たされる。

それに挑もうとしているのだ。ただの高校生にしかすぎない自分が。

そう考えると無謀なことをしているような気がして――流人が黙りこくっていると、さっきまで悪態ついてたりおが笑顔で肩を叩《たた》いてきた。

「大丈夫だよ、お兄ちゃん。とりあえずやってみよ、きっと何とかやれるって」

「……何で考えてることがわかったんだ？　〈分析眼《アナライズ・アイ》〉で表情でも読んだのか？」

「〈分析眼〉使わなくても、わかる。不安な時のお兄ちゃんっておでこさするクセがあるもんね。後は、何で不安なのか想像ぐらいできるよ。何年そばにいたと思ってるのさ」

得意そうに言ってから、りおは残る三人の顔を見た。

「結局家族ごっこって言っても、お兄《にい》ちゃんが言った通りまねごとだし、おままごとみたいなものだと思うの。最初はそれぐらいから始めて、もっとやれることがあるなら探っていけばいいと思う。とりあえずは、お兄ちゃんをリーダーにして色々動いていこうよ」

「そうですね、それでいいと思います」

「ま、家族やるのに肩肘張っても仕方ないしな」

「私も。特に学校から指示がないなら、志賀見《しがみ》くんに任せていいと思うわ」

皆《みんな》の信頼を感じ取り、流人《りゅうと》は腹をくくった。

「よし、とりあえずやってみるか。これから俺たちは団結して行動する。家族として、家族を学ぶためにだ！」

「「「「おー」」」」

突き上げた拳に大小様々なそれが追随し、『疑似家族計画』は発動したのであった。

第七話　『疑似家族』の団欒

「はー、すごいな」

流人の感嘆の声が、まだあまり物のない室内に響く。

りお、美奈《みな》、ルイ、修司《しゅうじ》も、釣られるようにしてその『家』の中を見回した。

四〇坪、二階建て、六ＬＤＫ。少し贅沢《ぜいたく》ではあるが、よくある家屋だ。これ自体は何も珍しくはない。場所も学校近くの住宅街の外れ。立地条件としてもごく普通のものだった。

彼らが感心――というか呆《あき》れてるのは、この建物はつい数日前までなかったからだ。

流人が母である麗《れい》に『疑似家族計画』を話したその日から、工事が進められていたらしい。ロボット工学の発達により、建築技術もかなりの向上が見られる昨今とはいえ、数日で家を建てるのはかなり無茶《むちゃ》で、相当な費用がつぎ込まれたのは間違いない。

『家族やるんだから、住む家とか必要でしょ。造っておいたわよ』

こう平然と告げられた時は、さしもの息子も目が飛び出した。

『でも、さすがに家まで建てるのは学校の経費では認められなくてね、仕方ないからポケットマネーで建てたわよ』

さらに愚痴られた時には、落とした目を慌てて探す必要があった。

「すごいね、ママ。お金持ってるんだ」

「志賀見《しがみ》夫妻は〈フェシット〉関連では有名な研究者よ。その財力は日本の国家予算に匹敵するほどと噂《うわさ》されているのだけれど……違うの？」

「うちはずっと一般市民の生活ですよ。しかもほとんど家にいないから、渡された生活費で俺がやりくりしてたのに。それが本当なら何で今まで、家にもっと金入れてくれなかったんだ……」

「まぁ、きっと何か深い考えがあってのことなんですよ」

美奈《みな》がとりなしてくれたが、どうもあの母君がそんな深いものを持っているとは思えない。全部行き当たりばったりで動いてるに違いない。

ほとんど家に帰らない父親も同様だ。会話どころか実際に会うことすらレアなのだ。帰ってもほぼ無口なため、麗《れい》とは別の意味で何を考えてるかわからない、謎の存在だ。

（まさか、『疑似家族計画』をあっさり認めたのも、何か裏があるんじゃ）

そんな疑問も浮かんだが、確かめる術《すべ》がない。流人《りゅうと》は思考を保留することにした。

代わりに一同を見回して告げる。

「この家なら学校も近いし、放課後はなるべくここに集まって疑似家族を体験しよう。ただ、活動時間もきちんと決める。疑似家族にかまけて、本来の家との関係をおろそかにしたら、本末転倒だしな」

「ま、そうだな。おれもあまり遅いと親父《おやじ》にどやされるし」

「クラブ活動と同じぐらいがいいわね。ただ、私は生徒会の仕事で顔を出せないこともあるかもしれないけど……」

「わかりました。でも、連絡は欲しいですね。俺たち一応家族ですから」

「ええ、そうね。そうするわ」

ルイはそう言ってから、首を傾《かし》げる。同じ生徒なのに家族、という状況を何だかおかしく感じたのかもしれない。

整った顔を横に倒す仕草は、まるで人形のように華麗だと流人は思った。

と、美奈が首をかしげて流人に尋ねる。

「ところで、具体的にどのように家族をやるんです？」

「前にも言った通り、ままごとみたいなもんだしな。まずは役割を決めようぜ」

「役割。つまり、続柄《つづきがら》ということかしら」

「そういうことです。父親とか母親とか兄弟姉妹を決めようかと。ただ、俺たちには目的がある——いや、俺とりおにはないけど、先輩たち三人にはあるから、その辺は考慮に入れないと。美奈はお祖母《ばあ》さんに甘えたい、先輩は敦《あつし》に優しく接したい、えっと修司《しゅうじ》は……

住職らしく大らかな感じになればいいかな」

この辺は、昨日集まった時に少し話し合った。修司《しゅうじ》の目的は、別に本人はそのつもりはあまりないが、当座の目的としてひねり出したものである。

「その目的を達成できるように、割り振っていこうかと。まず美奈《みな》は——甘えるのが目的だから一番下の立場。妹だな」

「妹、ですか。頑張ってみます」

「次に先輩は、やはり弟に接することを学ぶからそのまま姉かな」

「そうね。それがありがたいわ」

「あと、修司は……どうするかなぁ」

「それだったら、おれは父親役がいいな」

「あ、何でだよ?」

「父親なら家長らしくふるまうことで、懐の深さが学べるだろう。それに——夫ってことは妻役がいるだろうし。はー、奥さんのいる生活いいねぇ!」

「後ろ半分が本音かよ。でもまぁ、悪くない考えだな」

と、なると。ふと流人《りゅうと》は片眉をぴくりと上げた。

このままだと、りおが母親役になってしまう。しかも修司の妻だ。

何だか、それは無性《むしょう》に避けたかった。

「えっと……りおはペットの犬でもやるか？」

「何でそうなるのよぉ⁉　あたしだってちゃんと家族やりたいもん！」

「いや、だって、お前が今さら妹やってもしょうがないし。かと言って、その、母親で人妻というのも……何か違和感があるし」

「じゃあ、あたしお兄《にい》ちゃんのお姉《ねえ》ちゃんやる！」

「は、お前が姉？」

「うん。一度お兄ちゃんを可愛《かわい》がってみたかったんだぁ。甘やかしてあげるからね、お兄ちゃん……じゃなかった、『流人』！」

「しかも呼び捨てかよ。いや、確かに弟相手に『お兄ちゃん』はおかしいけどさ」

目を輝かせて、うっとりと頬《ほお》を両手で挟むりお。まぁ、母親やらせるよりマシかと思い、流人は承諾した。

後は流人の役だが、必然的に美奈の兄、りおとルイの弟となった。ルイとりおの序列は、元々の年齢設定にならってルイの方が上だ。

と、修司が慌てて尋ねてくる。

「あ、あれ、母親役……おれの奥さんは？」

「安心しろって、この活動には一応監視のために顧問を置く予定なんだ。その顧問に養護教諭の先生が入ってくれる。仮にその先生を母親役として当てはめようぜ」

「あー、良かった。なんだ流人《りゅうと》、気が利くじゃないか」

「いや、お前にしちゃ調査が甘いな。今の保健室の先生、どんな人か知ってるか？」

「え、えっと、確か噂《うわさ》だと若くて美人の女性で……何だ、ますます楽しみだなおい！」

「じゃ、一度挨拶に行くか」

流人は肩をすくめると、一度家を出て修司《しゅうじ》と保健室へ向かった。


保健室にて。

「はん、『疑似家族計画』の顧問？」

まだ若い女性の養護教諭が、流人たちを振り返った。胸には『最上《もがみ》』と書かれたネームプレートがついている。

彼女は噂通り、美しい顔立ちとモデルのような体型、理知的な瞳——そしてだらしなく着崩した白衣と、粗雑な口調の持ち主だった。

彼女は今の時代珍しい、電波のラジオ（局数が激減しているため高齢者向けのものしかやってない）にコードレスイヤホンを接続し、これも古風な競艇新聞をにぎりしめている。

「あー、そういやそんなの引き受けたっけ……お、六番来た、来た！　よっしゃぁ！」

歓声を上げる姿は、完全にオッサンだ。そうしてから、ふと流人たちのことを思い出したかのように、振り返った。

「……っと、まぁ私は忙しいんで、そっちで勝手にやってくれ。生徒の自主性ってやつ？

に任せるわ、うん」

「失礼します。先生、足けがしたんですけどー」

「面倒だ。そこに〈デミフェシット〉いるから、そいつにやってもらえ」

「コチラヘドウゾ、オ手当テシマス」

けがをしてやってきた生徒にも、助手用の看護師型〈デミフェシット〉に対応を任せっきりだ。すべてにおいて、やる気のやの字も感じられない。

傍若無人《ぼうじゃくぶじん》な振る舞いに驚きであんぐり口を開く修司の肩を、労《いたわ》るように流人は叩《たた》いた。

「どうやら、夫婦別居の設定も必要だな」

「ノオオオオ！」

奥さんのいる甘い生活を思い描いていたナイーヴな少年は、その場で崩れ落ちた。

◯

それから数日後、一Dの教室ではちょっとしたざわめきが起きていた。

「それで、今日は活動どうしますかお兄《にい》さま」

「お兄さま、お弁当少しいります？」

「さっきの授業寝ていたでしょう。ノート見ますか、お兄《にい》さま」

朝からずっと投げかけられる優しい声に、流人《りゅうと》はさすがに我慢できずに叫んだ。

「あのな、別に学校でまでやらなくていいんだ！　美奈《みな》！」

「え……でも、少しでも妹の気持ちを知って、甘えるコツをつかまないと」

「だからって教室で堂々と『お兄さま』連呼するなよ。周りが不審がってるじゃねぇか」

事実その通りで、美奈が流人に話しかけるたびに、周囲から「何か特殊なプレイか？」「弱みを握って無理矢理《むりやり》呼ばせて」「委員長かわいそう」とひそひそ声が聞こえてくる。

（てーか、何で俺が一方的に加害者になってんだよ！）

流人としては納得いかないところもあったが、とりあえずそのたびに「これは罰ゲームで」「この前、ちょっとしたゲームしたんだ」と言い訳しなければならなかった。

『疑似家族計画』は表向き、参加者以外の生徒にはまだ秘密にしているのである。本質的には〈フェシット〉のための課外授業なので、秘匿《ひとく》性が出てくるのは当然のことだった。

だから、学校では無理に家族ごっこをやらなくていいという取り決めにしたのだが、根が真面目《まじめ》な美奈は一生懸命練習をしているようである。

その一生懸命さがちょっとズレてる気もするが。考えていると、隣からりおが告げた。

「あー、お兄ちゃん……じゃなかった、流人。のど乾いたからジュース買ってきて」

「お前までやってんじゃねぇよ、りお。というか俺を甘やかすとか言ってなかったか」

これじゃ呼び方以外何も変わってない。りおの方が甘えている。

我慢しろ、とたしなめていると、隣から修司《しゅうじ》がこっそり口をはさんできた。

「あー、美奈にりお。何ならこの父に甘えてくれてもいいんだぞ」

「すみません、教室でクラスメートをお父《とう》さま呼ばわりはちょっと……」

「どさくさに紛れて呼び捨てにしないでくれない、修司くん？」

「何で流人に対する態度と差があるんだよ、美奈ちゃん、りおちゃん！」

悲嘆にくれる声が教室に響いた。

そして、放課後になったら例の家に集まり、一同で家族ごっこが開始される。

とは言っても、皆《みんな》はまだぎこちなく、手探りで動いてるが。

「えっと、お兄さま。何かマッサージでもしましょうか」

「あ、ああ、美奈。あまり気を遣わなくていい。それより俺がお前にマッサージ……やったらセクハラになるから、りおにやってもらえよ」

「え、あたしがやるの。お兄ちゃん……流人やりなさいよ。兄妹《きょうだい》でセクハラもないっしょ」

「だからお前、俺を甘やかす目的はどうした！　代わりにやってくれてもいいだろ！」

「もぉ、流人ってばお姉《ねえ》ちゃんに対して横柄だよ？　姉なんだから、もう少し敬って！」

「とはいえ、今のところ敬う要素がなぁ……」

「うーあー、気持ちいい。美奈よ、上手だなぁ」

「あっ、こら美奈《みな》！　いつの間にか父親にマッサージしてるんじゃねぇよ、それじゃ甘える訓練にならないだろ！」

「すみません、つい健康を管理するくせが……元看護師型〈フェシット〉なもので」

「………」

「ちょっとルイ……お姉《ねえ》ちゃん、家族の輪に入りなさいよ。黙って隅に突っ立ってたら家族ごっこにならないじゃん」

「あ、ごめんなさい。どこから入ればいいのかタイミングがつかめなくて」

「まぁ、気にしなくていいですよ。少しずつ入ってくれれば」

「流人《りゅうと》、敬語！　家族相手に敬語になってるよ！」

「あ、そうだった……とにかく、気にしなくていいから。ルイ姉さん」

こんな感じでぐだぐだやってる間に、終了の時間が来て皆《みんな》家に帰るのだ。

これが数日間続いたが、今のところ家族を学ぶという目的において、めざましい効果を発揮しているとは思えなかった。

「くっそー、何か今一うまくいかねぇなぁ」

『疑似家族』活動時間になって、流人はその家にあるリビングの中でつぶやいた。

隣でりおも首をかしげる。

「色々やったんだけどねぇ。ボードゲームしたり、映画したり」

「でも、結局遊んでるだけになってしまいましたね」

パチンパチン。

「うーん、おれも父親らしいことできてないと思うな……考えてみたら学生で父親って難しすぎね？」

「言い出したのお前じゃねぇか。それにライトノベルとかだと、俺らと同じぐらいの歳《とし》の奴《やつ》が義理の父親になるのもあるぜ」

「それ、ファンタジーだろ。しかも人間じゃなくて、モンスターの女の子拾うやつ。それと同レベルのことを現実でやれって言われてもなぁ」

がっくりとうなだれる修司《しゅうじ》を、少し気の毒そうにルイが見た。

パチンパチン。

「まぁ、そちらのハードルが高いことは認めるわ。頑張ってねお父《とう》さん」

「うー、娘の温かい言葉が身にしみるぅ～」

「……温かいか？」

パチンパチン、パチンパチン。

――ここで、やっと美奈のツッコミが入った。

「ところで、何で私たちはプラモデルを組み立ててるんですか……りおお姉さま？」

「流人《りゅうと》の提案。プラモ作ってると、心が落ち着くらしいよ」

「そうそう。それに何か一つのことやるのも、家族みたいでいいじゃないか」

りおの冷たい目線に気づかず、流人ははりきってうなずいた。ソファやテーブルなどを隅に追いやって敷かれたレジャーシートの上で、一同は流人が購入してきたプラモデルを組み立てている。

と、修司《しゅうじ》が少し複雑そうな表情で、自分の組み立てているロボットを見つめた。

「何かこう、人型ロボットのプラモ作ってると妙に親近感わいてくるな」

「えっ、そうなのか？」

「ええ、そうですね。私たちも人の手で組み立てられたようなものですし」

「え、そうかなー。あたしはあまり気にならないけど」

「りおはボディも変化させていった特殊な〈フェシット〉だから、自分の体が造られたという意識が薄いのかも……あいたっ」

「どうしたんです、じゃない。どうしたんだよ？　ルイ姉《ねえ》さん」

「……問題ないわ。ちょっと手が滑って、ランナーの先が刺さっただけ」

「意外とぶきっちょよねぇ、お姉ちゃんって」

「細かい作業はあまり得意じゃないの……大丈夫よ、美奈《みな》。切れたりしてないから」

救急箱を取り出しかけた美奈を、ルイが制する。

美奈はしょんぼりとうなだれた。

「手当てしなくていいのですか。残念です……」

「残念なのかよ」

看護師型〈フェシット〉ってそういうもんじゃないだろ。内心ツッコミを入れる流人。

その間にも一同は黙々とプラモを作り上げた。そしてその数々を写真に撮ってＳＮＳで拡散したところ、かなりの評価をもらえたので一同は大いに満足した。

「いやいや、だから満足してる場合じゃねぇだろ！」

「だから何度も言うけどお兄《にい》ちゃんがやりだしたんだよ！」

「でも、結構楽しかったです。得がたい経験でしたし。これで家族仲も深まったんじゃないでしょうか」

「そんなわけないでしょう」

「……ですよね」

ルイに冷静にツッコミを入れられ、美奈は肩を落とした。

さしもの修司も真顔のまま、腕を組んで真剣につぶやく。

「どうもらちが明かないな。おい、どうするんだ流人。このままじゃただの暇人クラブになってしまうぞ」

「うーん」

自分たちだけで考えているだけでは、何も浮かばない。流人《りゅうと》は正直に認めた。

なら、他の人の知恵を借りるべきじゃないだろうか。

「しょうがないな、こうなったら母親に意見を聞いてみるか……」

「え、ママの？　でも忙しそうだし、何か教えてくれるかなぁ」

「いや、そっちじゃなくて」

数分後、流人たちは学校の保健室へと来ていた。

最上《もがみ》教諭が、今日も今日とてラジオを聞きながら新聞——今度は競馬新聞だ——を握りしめている。

「何だ、お前ら。病人かけが人じゃないなら帰ってくれ。できることなら病人やけが人であっても来ないでほしい」

「酷《ひど》いっス」

養護教諭にあるまじき発言に、流人と修司《しゅうじ》は呆《あき》れながら声を揃《そろ》えた。

だが、呆れっぱなしというわけにもいかない。意を決して事情を説明する。

「『疑似家族計画』。あー、そういやそんなの引き受けたっけ」

「それは前に聞きました……てか、また忘れてたんですか」

「それで、家族らしいことがしたいのにうまくできないって？」

「ええ、そうっス。何かいいアイデアないっスかね？」

手もみする修司に、最上教諭は「ふぅん」とつぶやくと、新聞に目線を戻した。

「知らない、興味ない」

「いや、あの。それじゃ、外にでも出て気分転換でもしろよ。部屋で考え込むからわからなくなるんだ。競馬だって場内の空気に触れた方が当たる確率高くなるんだからな」

「うるさいなぁ。それじゃ困るんッス」

「俺たちは別に博打《ばくち》がしたいわけじゃないんだけど……」

流人はジト目になりつぶやいたが、ふと、内心これは悪くないと考えた。

競馬ではない。外出することについてである。

外出は家族のイベントでもよくあるものだ。旅行――は無理だろうが、ピクニックならいけるだろう。その過程で親睦を深めるための、何かを掴《つか》めるかもしれないと思った。

「……案外いいかもしれないな。よし、やってみるか」

彼はそうつぶやくと、密《ひそ》かに最上教諭に感謝しつつ保健室を出た。

○

休日、流人たち『疑似家族計画』のメンバーは朝早くから電車を乗り継いだ。

ひなびた駅からさらに歩いて、山へと入る。山道を少し歩いたところで、大きな川にぶち当たった。

ここの河原《かわら》が今日の目的地だった。

「いいピクニック日和ね」

日差しを手で除《よ》けながら、満足そうにルイがつぶやく。

その横に流人《りゅうと》と修司《しゅうじ》が背負っていた荷物を降ろした。

「本当、流人がこんな場所知ってたなんてな」

「昔母《かあ》さんや母さんの友達と一緒にバーベキューに来たことがあるんだよ。父《とう》さんは相変わらず家を留守にしていたけどな……とにかく、場所としては最適だと思ったんだ」

「だったらいっそ、ピクニックじゃなくてバーベキューにしても良かったんじゃね？」

「機材やら炭やらが重いし、運ぶのに車がいるだろう」

「私たちは免許持ってませんしね」

美奈《みな》が苦笑する。ちなみに〈フェシット〉は人間と比べて年齢による免許取得の制限がないが、人造人間という立場もあり、取得条件がかなり厳しくなっている。取得に三年はかかるとの話だ。

最上《もがみ》教諭が引率でついてきてくれれば話は別だったろうが、もちろん来るはずがなかった。今頃競馬場でヤジを飛ばしてるだろう。

と、りおが大きく息を吸って、感慨深げにつぶやいた。

「懐《なつ》かしいな、ここ……」

「どうしたんだりお。えらく感傷的な顔をして」

「ううん、空気が美味《おい》しいって思ったの」

そして「早くご飯食べよ、お腹《なか》ぺこぺこだよ」と付け加えた。〈フェシット〉も有機物質、つまり食物をエネルギーに変える〈バイオバッテリー〉を搭載しているため、人間と同様に食事で活力を得ることが可能なのだ。

流人自身、空腹だったこともあり、早速修司と一緒に大型のレジャーシートを敷くことにした。弁当は姉二人、つまりりおとルイの担当だ。そのぶん荷物運びと準備は男たちの役割になっていた。

「あの、お兄《にい》さま。私は何か手伝うことは」

「妹なんだから何もしなくていいって。そういうのを学ぶのも、美奈の目的だろ？」

「それはそうですけど」

申し訳なさそうにする美奈を見ていると、自分まで申し訳ない気分になってくる。だが、美奈はもう少し他人に頼るクセをつけた方がいいと、流人は判断していた。

やがてシートは敷かれ、弁当の入った重箱と買ってきたペットボトル入りのドリンクが並べられる。重箱は二つあり、それぞれりお作とルイ作だ。

「さ、食べてみて。ものすごく早起きして作ったんだからね！」

そういうとりおは二つの重箱のフタを開けた。

二つには極端な格差が生まれていた。片や綺麗《きれい》に並べられたおにぎりに、卵焼き、豚肉のソテー、肉じゃが、唐揚げ、温野菜などがバランス良く並んでいる。

比べてもう片方はおにぎりはいびつで、おかずも焦げ付いてるものが多い。うまくいってる揚げ物は電子レンジでチンする冷凍食品だろう。

一同は二つを見比べた後、りおに告げた。

「まぁ、こんなもんだろうな。期待はしてなかったけど」

「あ、あー。父《とう》さんはりおの料理食べられるだけでも嬉《うれ》しいぞ」

「りおお姉《ねえ》さま、今度料理教えてあげますね」

「ちょっ、ちょっ、ちょっとぉ！　何で迷わずこっちに言うのよ！　あたしが作ったのは、普通の方だって！」

「え、それじゃ……」

「ええ、そっちのレベル低いのは私が作ったの……どうも、こういう細かい作業苦手で」

そういえば、プラモ作ってた時も言ってたな、と流人《りゅうと》は思い出した。

「大丈夫、ルイ姉さんならそのうち身につくって！」

「父さんはルイの料理食べられるだけでも嬉しいぞ！」

「栄養のバランスは考えられてると思いますし、その辺はさすがだと思います」

「……何、この温度差」

りおがジト目で睨《にら》んできて、流人たちはごまかし笑いをするしかなかった。

と、ルイが少し吹き出した。

「ふふっ」

レアな光景だったので、流人は思わずマジマジと彼女を見つめてしまう。

彼女は表情を引き締めると、いつもの冷静な口調で告げた。

「あ、ごめんなさい、りおに失礼だったわね。でも、何だか楽しくなってしまって」

「いやいいと思うよ。それより」

「？」とルイが首を傾《かし》げたが、流人は口をつぐんで「何でもない」と告げた。

笑ったルイの顔が、いつもより綺麗だったとは恥ずかしくて言えなかった。

（やっぱり、この人を『疑似家族計画』に入れて良かった）

そんなことを考える。笑顔を見ただけで、これだけ報われた気持ちになれるから。

――と、その肩を誰かがつついた。

「何ぼーっとしてるの、お弁当食べるよ」

「あ、ああ」

うなずく流人は気づいていなかった。りおもレアな表情をしていることに。

彼女は浮かない顔で流人とルイを交互に見ていたが、やがて小さく息を吐《つ》いた。

弁当を堪能した後、各自休憩となった。

自然の風景を楽しんだり、日の光を満喫したりして、のんびりと過ごす。

と、川の方に修司《しゅうじ》が近づいた。ふむふむとうなずいてから、にんまり笑う。

「ここ、結構魚釣れそうだな。じゃーん」

「何それ？」

「折りたたみの釣り竿《づざお》だよ。おれ、釣りが好きなんだよねぇ」

「え、凄《すご》い凄い面白そう！　あたしもやってみたい！」

「承知！　こんなこともあろうかと、複数用意して参りました！」

「やるじゃん、おとーさん！」

「へへ、父を見直したか娘よ。流人《りゅうと》もどうだ、一緒にやらないか？」

「そうだな、たまには釣りも悪くないか」

流人はルイと美奈《みな》の方を振り返った。二人は「結構」と手を振って示した。

かくして修司の指導のもと、釣り竿は組み立てられ、簡易ながら釣り糸と釣り針が仕掛けられた。エサも修司が持ってきたものを使う。

釣り糸を垂らすと、不思議と遠くで鳴く鳥の声が気持ちよかった。

「いいな、こういうの。落ち着くし……」

「えー、早く釣れてほしい。まだかなぁ」

「まだまだ、気が早いよ……っと！」

言ってる間に修司の竿に反応が来た。小さいのが一匹かかってる。

「へへ、先制点はもらったな」

「むー、あたしはもっとおっきいの釣るもん！」

対抗意識を燃やすりお。

だが、修司はかなり釣りに慣れているようだった。二匹目、三匹目、十四匹目と調子よく釣り上げていき、バケツが満たされていく。

その間、流人もぼつぼつとフィッシングに成功していた。小さいのが三匹ほど。修司ほどではないが、そこそこの釣果《ちょうか》といえる。

問題はりおで、気が短いのがさおに伝わっているのか魚が寄ってこようとせず、ついに浮きすら反応しない始末だった。

「くぅー！　こ、このまま一匹も釣れなかったら〈特一級人造人間《エクストラ・フェシット》〉としての立場がぁ！」

「釣りとそれとは関係ないだろ」

「あるもん。あたしはあらゆる状況にも対応できる万能〈フェシット〉として造られてるはずだもん。釣りだってうまくいくはず！」

「あーあー、そんなにイライラしてたら釣れるものも釣れないぞ、娘よ」

「むきー、強者《つわもの》の余裕～！　その哀れむような微笑《ほほえ》みがさらにムカつく～！」

かんしゃくを起こしたりおはついに竿《さお》をその場に置くと、きょろきょろと周囲を見渡してから「あった！」と歓声を上げた。

何ごとかと流人《りゅうと》と修司《しゅうじ》が観察していると、何と子供の大きさぐらいの大きな石を抱え上げて戻ってくる。

「これを川に投げ入れたら、衝撃で何匹か釣れるはずだよね！」

息巻くりおの迫力に、男二人は「げっ」とうめいた。

その様子を、レジャーシートの上でのんびり本を読んでるルイと美奈《みな》が眺めていた。

やがてルイが、感心した声を出す。

「りおさんは、力が強いのね。あんな石を持ち上げても平然としてるなんて」

「ええ。私たち〈フェシット〉は、人間に比べて五倍以上の身体能力を発揮できるように設計されています。人間を救出する際、どんな状況でも対応できるように」

美奈もうなずきながら言った。

「人工筋肉と特殊金属骨格がそれを可能にしているのですが、りおお姉《ねえ》さまはきっと、それも特別なものを使っているんでしょうね」

「〈特一級人造人間《エクストラ・フェシット》〉の肩書きは伊達《だて》ではないということかしら……あら？」

ふと、声がいぶかしげなものに変わった――りおの前に流人が立ちはだかったからだ。

りおが何か言う前に、彼はあっさりと石を取り上げた。

地面に置き、次いでジャケットのポケットからハリネズミのリモコンを取り出す。

「自然破壊は禁止だ！」

「はうううううっ」

内部メンテナンスの作用により、りおはその場にへなへなと崩れ落ちた。

それを見て、当事者以外の二人は絶句する。

「お、おい。今の石って……」

「重いはずですよね……？」

「ええ……」

だが、すっかり兄としての立場に戻った流人は、それにも気づかずにりおをひたすらにくすぐり悶《もだ》えさせていた。

休憩も片付けも終わり、まだ陽《ひ》は高いが早めに帰ろうという話になった。

一同は荷物をまとめ、駅への帰路につく。流人の足取りが妙に軽かったのは、弁当を食べたぶんバックパックが軽くなったからだけではあるまい。

少しだが、共同作業をしながら楽しんだぶん、家族としての結束力が高まった気がする。

ただ楽しむだけではなく、苦労も味わったからこその充実感だった。

(こういった行事は、頻繁に行った方がいいかもしれないな)

そんなことを考えてるうちに、駅へとたどりついた。電車が来るまで時間がある。とりあえず自動販売機でコーヒーでも買うことにした。

戻ってくると、女性陣が駅前の看板をじっと見つめている。流人《りゅうと》が気づいて「何してるんだ」と尋ねるとりおが照れながら言った。

「こっちに温泉あるんだって。日帰りで入れるみたいだよ」

「ついでだし、行ってみませんか。きっと健康にいいですよ」

「……まぁ、たまには寄り道もいいんじゃないかしら」

〈フェシット〉だろうと女の子が温泉好きなのは、あまり変わらないらしい。

時間もあるし、修司《しゅうじ》も反対しなかった――どころか大喜びで手を叩《たた》いたので――皆《みんな》で揃《そろ》ってそちらに向かうことにした。

中に入ると、男湯、女湯に分かれている。

いや、中央にさらにのれんがあった。それをしげしげと眺めながら、ルイがつぶやく。

「混浴の湯……?」

「男女一緒に入れるみたいですね。特に制限とかもないみたいです」

「……何でそんなものが、こんな日帰り温泉にあるんだ。話題作りとかかな?」

流人がいぶかしげにしていると、彼の手をりおが引っ張った。

「ねぇ、面白そうだし一緒に入ろうよ」

「はぁ!?」

驚いてると、意外なことに美奈《みな》とルイも賛同した。

「一応家族ですし、問題はないかもしれませんね。その、興味もあります」

「〈フェシット〉は子供の時代がない。つまり、家族と混浴の機会がないから、得がたい体験ができそうだわ」

「ちょっ、おいおい、マジかよ……」

「よっしゃ賛成！　父《とう》さんが隅々まで洗ってやるぞぉ！」

手をわきわきさせる修司に、さすがに引くものを感じたのか、三人の少女は顔を見合わせると彼を手早くロープで縛り上げた。

そして「いいのか……」とつぶやく流人の背中を押して、脱衣所に入る。

「ちょっと、これほどいて！　せめて男湯でいいから入らせてぇ！」

遠くで修司の声がしたが、気にせず三人は服を脱ぎ始めた。動きにためらいはなく、むしろわくわくしているようだ。ルイの言う通り、異性と一緒に風呂に入る機会がなかったから、物珍しいんだろうか。

（いや、りおとは小さい頃に一緒に入ってた気がするけど……でもまぁ、あいつは元々人間と同じような人生を送るように造られたし、他の〈フェシット〉はやっぱり異性と風呂に入ったこととかないのかな……）

流人《りゅうと》はそんなことを考えつつも、慌てて目をそらして自分も服を脱ぎ始める。腰にタオルを巻いた。

「もう大丈夫ですよ」

美奈《みな》の声に振り返ると、全員体にバスタオルを巻き付けている。危険なところは何も見えないが、微妙に居たたまれなくなって、流人は慌てて洗い場の方へと向かった。

無心に体を洗ってから、湯船に浸《つ》かる。

と、三人もやや距離を置いて付いてきた。

「ふー、いいお湯ですね」

「ええ、悪くないわ。血行がよくなりそう」

「〈フェシット〉にも血行ってあるのか……」

「〈人工細胞〉を保つための栄養を体中に伝達する、人工血液が流れてるんだよ」

緊張で硬い流人の声を、何でもないかのように受け流すと、りおはバシャバシャとお湯をかき分けて——こともあろうかバスタオルは外していた——彼に近づいた。

流人は深呼吸を繰り返すと、なるべくピントをずらしながらりおを見た。

小さい頃に一緒に入った時とは違い、体はしっかり育っている。いや、違うボディに替わったのか。とにかくあちこち大きい。特にこぼれそうな胸に目が吸い寄せられる。

しかしそれは、天然ではなく人工のもので――そう考えると、少しばかり緊張が解けるが複雑な心境にもなった。どこまでもつきまとうのだ、〈フェシット〉と人間の違いは。

そんな彼の心境にも気づかず、りおは流人の肩をつつきながらつぶやいた。

「ふふ、お兄《にい》ちゃんの肩ってごつごつしてるよね」

「あ、ああ。そうか？」

兄妹《きょうだい》とはいえくっつくことにばつの悪さを覚えた流人は、慌てて周りを見回す。

幸いなことに美奈は離れたところにある湯船でのんびりくつろいでおり、ルイに至っては何かを考えるかのように宙を見つめていた。

「あのさ、お兄ちゃん」

「ん？」

いつになくりおが神妙な声を出したので、流人は視線を引き戻した。

りおもどこか、遠くを見ている。

「覚えてる、あの川でさ。昔あたしが溺れたことがあって」

「え……ああ、あったな。深いところがあって、うっかりそこに踏み入ったんだっけか」

「その時、お兄ちゃんが助けてくれたんだよね」

――その時は、よく分からず必死だった。

流人はもがくりおをとにかく捕まえると、浅瀬に引き上げた記憶がある。

「あの時は本当に怖かった。〈フェシット〉でもね、呼吸は必要なんだよ。それに水が大量に体内に入ると機能に障害が生じるし。あたしは自分が〈フェシット〉だと知ってたから、大抵《たいてい》のことでは死なないと思ってた。でも、あのとき初めて死ぬかもしれないって感じたんだよ」

そして、りおは流人《りゅうと》を見つめる。湯気ではない、何かで濡《ぬ》れそぼった目で。

「でも、そんなあたしをお兄《にい》ちゃんが助けてくれた。あの時からね、ううん、ずっと前から……あたしお兄ちゃんのことちゃんと好きだよ」

流人は少し悩んだ。その言葉の意味を。

ちゃんと好き——妹としてということだろうか。それとも、〈フェシット〉と人間にかかわらず友愛があるということか。それとも——

何かを言わないといけない気がして、口を開きかけたが、りおが流人の肩にもたれるのが先だった。

「何てね」

「へ？」

「お兄ちゃんは、ルイのことがお気に入りなんだよね」

「な、何言ってるんだ、そんなことは……」

「わかるよ、今日だって笑ってるルイに見とれてたじゃない」

「い、いやそれはだな」

「それに最近のお兄ちゃん、気づけばルイのことばかり見てるんだから」

「そうなのか」と流人は自分で自分に驚いた。

そういえばルイと一緒にいる時は彼女のことを見ている機会が多い気がする。

でもそれは、彼女が綺麗《きれい》だからで――。

（あれ、だから気に入ってるってことなのか。俺、ひょっとして先輩のこと……）

考え込んでいると、りおがやや緊張したかのように質問を重ねた。

「それで……どうなの」

「どうって、何が？」

「本気でルイのこと、その、好きなのかなって……」

それは、流人が知りたい答えだった。

あの入学式で助けられてから、美しくもクールで、そして時々どこか悲しそうな表情を浮かべるルイのことは気になってはいる。

ついつい目で追ってしまうのだ。彼女が魅力的に感じられて。ただ、その魅力が単純に先輩としてのものなのか、それ以外のものなのかは流人にもよくわからない。

だから――流人は慎重に、言葉を選びながらりおに告げた。

「正直、先輩のことは気にかかってる。先輩が側《そば》にいると嬉《うれ》しいし、先輩が家族のことを理解して問題を解決してくれることを願っている。それは、ひょっとしたら美奈《みな》とか修司《しゅうじ》に向ける以上の気持ちかもしれない」

「…………」

「でも、俺もよくわからないんだ。こういう気持ちになったのって初めてだから。これが恋とか愛なのかと言われると、どうなんだろうな……」

りおは答えなかった。顔はうつむいていて、表情を良く見ることはできない。

流人《りゅうと》は何となくため息を吐《つ》くと、気持ちを切り替えるように話題を変えた。

「ま、とにかく今はごちゃごちゃ考えていても仕方ない。まずは『疑似家族計画』をうまく回すことだけに集中しよう。そっちの方がよっぽど重要なんだし」

その言葉に納得したのか、りおは「そだね」とつぶやいた。

彼女の気持ちを察しようとして、流人はやめた。何となく、そこまで踏み込むと『疑似家族計画』にも支障が出る気がする。

(何としても成功させなきゃいけないんだ、この計画は)

不思議とアキラの顔が脳裏に浮かぶ。

もう二度と、あの土曜日の朝のような気持ちにはなりたくなかった。

温泉から上がって(修司は入れなかったので終始ぶーたれてた)、一同は改めて帰路についた。

終電ぎりぎりの時間だ。各家の親は心配するかもしれない。と思ったが、家庭事情と放任主義の麗《れい》のことを考えるとそれはないような気もしてきた。

美奈の祖母は案ずるかもしれないが。

「電話しておきました。『私にかまわず遊んでくれて何よりだよ』と喜んでました」

苦笑しながらも、美奈の表情にも前ほどの屈託はない気がする。『疑似家族計画』はそれなりの効果を発揮してるようだ。

「よし、とりあえずは帰るか……りお？」

「あ、うん」

ぼんやりと薄闇色の空を眺めていたりおは、流人の言葉にうなずくと、ふとつぶやいた。

「側《そば》にいると嬉《うれ》しいかぁ。思ったより本気なのかな、お兄《にい》ちゃん」

「ん？　どうかしたか」

「ううん、何でもないよ」

答える顔はあくまでも明るいが、それでも瞳が揺れてることに流人は気づかなかった。

その後に、こう言葉が続いたことも。

「もし、本気なら……お兄ちゃんの幸せを考えるなら、あたしは……」

第八話『疑似家族』の崩壊？

「良いか、わかっているな」

豪邸とも言える大きな屋敷の中に、男の声が響いた。

長身で痩せぎすな体躯《たいく》。歳《とし》は今年で五〇を過ぎたはずだ。自分の子供の年齢と比較すれば、やや歳を取ってはいるが、ここまでしわがれた声にはならないはずだった。

髪もほとんどが白く、とても壮年と呼べる歳には見えない。

そんな彼は声に苦渋と怒気を含ませ、目の前の『娘』をにらんでいた。

――『娘』はルイだった。

「お前は敦《あつし》と私のために購入したのだ」

「わかっています、お父様《とうさま》」

「ならば、こちらの要望に応えてみせろ。一刻も早くな」

そして、拳を震わせてアームチェアから立ち上がった。暖炉備え付けのリビングを横切り、自室へと向かう。

その手には杖《つえ》が握られている。過去に事故に遭ってから、足を悪くしているのだ。

反射的に体を支えようとして、ルイは振り払われた。

「あ……」

「構うな。お前はまだ違う」

「はい……」

そして部屋を出る前に付け加えた。

「期待しておるのだ。お前が『本物』になって、私の秘書を務めてくれることを」

「……精進します」

ルイは答えて深く頭を下げた。

心からの――自分に人らしい心が本当にあるかは疑わしいが――言葉だった。

と、父が去って行ったものとは別の戸口から、人の気配を感じる。

そちらを見ると敦だった。同じようにこちらをじっと見つめている。

「敦、どうしたの？」

「何でもない！」

叫ぶと慌てたように去って行った。まだ自分には懐《なつ》いてくれてはいない。自分が至らない証拠だとルイは自戒した。

（敦のためにも、私は『本物』にならないと）

小さく拳を握りしめ、彼女は決意を固めた。

◯

ピクニックに出かけてから、『疑似家族計画』のメンバーは家族を学ぶに当たって、コツのようなものを掴《つか》んでいた。

弁当作りや荷物運びなど、各々《おのおの》が役割を分担しながら仕事をすることで家族を演じやすくなることに気づいたのである。後はそれを日常でも実行すればいい。

具体的には家に集まった時には、回り持ちで掃除や茶の用意、買い出しなどをする。この時それぞれの立場を考えて行動すれば、自然と家族のあり方を実感できる——はずだ。

たとえば妹の美奈《みな》なら遠慮なく自分の好きなものをリクエストする、姉のりおなら美奈が言う前にそれとなく察して自発的に買ってくるなど。

また、家の中には教科書として、家族をテーマにした小説やコミックなども置かれるようになった。

そしてこれらの研究を続けて一週間が経《た》ち、それぞれは自分の役割を把握。見事抱えている問題をクリアできている、はずだったのだが——

「まぁ、そう簡単にはいかないか」

流人《りゅうと》は苦笑しながら家の中を見回した。

リビングの中では美奈がりおに紅茶を渡してやり、修司《しゅうじ》がルイに手もみしながら「肩でも揉《も》みましょうか」と提案している。

甘えるための妹、懐の深い父親としては、あまり理想的でない姿だ。

「美奈、ずっと家のことやってるだろう。たまには休めよ。おいりお、お前も姉なら妹の手伝いしてやれ」

「すみません、つい何かしていないと落ち着かなくて……」

「ごめんごめん、つい何かしてもらってると甘えちゃって……」

美奈はすまなそうに、りおはてへっとばかりに頭を掻《か》く。態度的にも姉妹逆だ。まぁ、りおは姉として成長する必要はないので、別にいいといえばいいのだが。

「でもな、もう少し姉らしくふるまわねぇと美奈も姉として認識できないぞ」

「それを言うなら、『流人』も問題あるじゃん」

「え？」

「あたしのこと、お姉《ねえ》ちゃんって呼ばないし。甘えてもこないし。ほれほれ、姉なんだからたまには甘えてみ？　膝枕で耳かきしてあげようか？」

「無茶《むちゃ》言うな、普段は妹なのにそんな簡単に割り切れねぇよ」

こんな脳がバグるような配役するんじゃなかったな、と流人《りゅうと》は今更ながら後悔する。

と、修司《しゅうじ》がしたり顔で告げた。

「そうそう、人の指摘ばかりして自分ができてないのは感心せんぞ。そんなことじゃ父《とう》さんみたいにビッグな男になるのはまだ先だな『息子』よ」

「娘の肩を揉《も》んでる父親のどこがビッグな男なんだよ」

無理矢理《むりやり》契約が成立したのか、ルイの首筋に手を当ててせわしなく動かしてる修司に、流人は冷たい目を向けた。

ルイは肩を揉まれるに任せたまま、何やら難しそうな書物を読んでいる。いつも何かにつけて目を通している本だと流人は気づいた。

「ルイ……姉《ねえ》さん。その本は何？　愛読してるみたいだけど」

「ええ、秘書検定の本よ」

「秘書検定？」

「私、どうしても秘書になりたくて。そのために今から勉強をしているの」

「へぇ。姉さんならきっといい秘書になれるよ」

フィクションの世界でしか秘書は知らないが、頭に美人がついてクールなことが多い。

ルイにぴったりだと流人は思った。

と、グラスを傾け、お茶を飲み干したことに気づく。取りに行こうとすると、

「私が行ってくるわ」

「あ、でも」

「弟なんだから、気を遣わなくても結構よ」

ルイが告げて、台所にグラスを持っていった。流人は思わず感心する。

「おー、さすがだ、姉らしいところ出てきたな」

「どうかなぁ。秘書としての行動を実践してみたんじゃないの」

「うっ、微妙にありうる……いやいや、それでも最近よく俺らに気を遣うようになったじゃないか。やっぱりこの中で一番家族のことを学んでると思うぜ」

その言葉に美奈《みな》もうなずいた。

実際ルイは長姉《ちょうし》として、全員の面倒をよく見てくれた。家事を率先してやったり、全員の好物を把握して買ってきたり、時には勉強も見てくれたり。

何より、表情が柔らかくなってきたと流人は思う。今までどこかぎこちなかった他人との接し方も、ずいぶんと自然になった。それとなくルイのクラスを調査すると、やはりそういう噂《うわさ》が流れているようだ。

(このままいけば、理想的な姉になれるんじゃねぇかな)

美奈と修司が現状あまり進んでいないため、なおのことルイの成長をめざましく感じる。とりあえずは彼女を仕上げることに注力してもいいのではないかと、流人は考えていた。

もちろん、美奈《みな》と修司《しゅうじ》のこともあまり悠長にはしていられないが。

そのことを話してみると、皆《みんな》も笑顔で同意してくれた。

「そうですね、幸い私はまだ切羽詰まっていませんから。先にルイ先輩を理想のお姉《ねえ》さんにすることに、異論はありません」

「うちも親父《おやじ》がすぐどうのこうのしてくるわけじゃないからな。でもルイ先輩は確か一年内に廃棄も考えられてるんだよな」

「断言はされてねぇが、その可能性は高いって先輩は言ってた」

「じゃあ、なおさらルイ先輩を早く仕上げた方がいいな。おれも協力するぜ」

「あたしも、別にいいけど……」

りおが少し浮かない顔だ。流人《りゅうと》はそのことに気づいて尋ねようとしたが、その前にルイが帰ってきた。

「どうぞ、『流人』」

「あ、ありがとう」

呼び捨てされるのは少しどきどきする。弟として呼ばれてるとわかっていても。

流人が温かな気持ちでお茶をすすっていると、ふと美奈が口を開いた。

「あ、そうです。私、お兄《にい》さまではなくて、あくまでこの『疑似家族計画』のリーダーとしての流人さんに、少し提案があるんですけど」

「何だ？」

「りおさんが、リモコンを預かってもらっているそうじゃないですか。それ、私もお願いしようかと思って」

「え、いいのか。それはお祖母《ばあ》さんが持っていた方が」

「いえ、お祖母さまは実のところ、あまり機械に詳しくないのです。〈フェシット〉の会社である上南《かみな》グループの総帥《そうすい》が何をと思われるかもしれませんが、元々この会社は亡くなったお祖父《じい》さま、つまりお祖母さまの夫のものでして」

なので、美奈の祖母はリモコンを使ってのメンテナンスなど、あまり得意ではないし面倒くさいのだという。かといって、他はリモコンを預かってはくれない。美奈の素性を知るのは後は息子夫婦ぐらいで、彼らも美奈にあまりいい顔をしないのだ。

「ですので、この際家族として信頼している証《あかし》として、何より個人的に流人さんを信頼している証として、預かっていてほしいのです」

「ま、まぁ、そういうことなら。わかった」

そして流人はリモコンを受け取った。病院で問診票などを挟むバインダーの形をしたもので、中央がディスプレイになっている。

美奈は微笑《ほほえ》んで、少し悪戯《いたずら》っぽく告げる。

「じゃあ、早速ですけど内部メンテナンスお願いします。お兄《にい》ちゃん」

「お、おう。いくぞ……」

恐る恐る試してみると「あ～気持ちいいです～」とうっとりする美奈《みな》。りおの時と違う。同じ〈フェシット〉でも、反応に差はあるようだった。

「お、家族の証《あかし》か。いいな、おれも流人《りゅうと》にならリモコン預けてもいいんだが」

「お前は有線だから無理だろ」

「そうなんだよな、今日も一人むなしく自分でメンテするか。親父《おやじ》にやらせたら加減とかわからないから、やめろって言ってもメンテし続けるんだよなぁ」

修司《しゅうじ》がぼやいて、一同は笑った。

と、りおがぽつりとつぶやく。

「ルイはお兄《にい》ちゃんにリモコン渡さないの？」

「え？　それは……私は自分で管理できるし、他人に渡すのはあまり」

「ふぅん。家族の証なのに」

「りお、それぞれ事情があるんだから無理強いはよくねぇだろ」

「……そだね」

りおはつぶやくと、紅茶を飲み干して台所へと向かった。

「りお……？」

妙に暗い声だった気がして、流人は首をかしげる。

その横では、ルイが何かを考え込むかのようにうつむいていた。

◯

翌日、りおは流人を人気《ひとけ》のない校舎裏に連れ出していた。

「何だよ、りお。こんなところに連れ出して……って前にもこんなことあったな。まさか、また外部メンテナンスをやれって言うんじゃねぇだろうな」

「違うよ。あ、でも外部メンテナンスはまたお願いね、お兄ちゃん」

にへへと笑いを浮かべつつ言ってから、りおは不意に真顔になる。

「ここならルイも通りかからないと思うし、ちょうどいいと思って……『疑似家族計画』のことなんだけどさ。ルイのこと、本当にいいの？」

「何が？」

「ルイの理想を叶《かな》えてちゃんと姉らしくさせるの。だって、その、そうなったらルイだってもう『疑似家族計画』に参加する理由なくなるでしょ」

「ああ、そうだな」

「お兄ちゃんは、ルイのこと気になってるんでしょ。ルイと一緒にいる機会減るよ……それでも本当にいいの？」

たからだ。

ひょっとして、自分とルイの仲を応援してくれてるのだろうか。なかなか兄離れできないブラコンだと思っていたのに。

ただ、りおの顔は真剣で、そして言ってることも正しかった。

理想の姉になれば、ルイは『疑似家族計画』を卒業してしまうかもしれない。生徒会の仕事だって忙しいだろうし、秘書になるという夢もあるようだ。あまりこれに関わってばかりはいられないだろう。

それはつまり、自分との接点がほとんどなくなるということだ。

「ルイは、お兄《にい》ちゃんにリモコンを預けてないし……もう少し好感度を上げないとさぁ」

「ゲームじゃないんだぜ」

流人は苦笑しながら、りおの頭に優しく手を置いた。

「今は先輩の願いを叶《かな》えることが第一目標だ。いや、先輩だけじゃない。皆《みんな》の目的だって叶えるんだ。そのための『疑似家族計画』だ、それで引き留めてたら本末転倒になる」

「でも」

「とにかく、今はルイ先輩の成長を第一に考えようぜ。それが、それぞれの目的を叶えることにも繋《つな》がると俺は思ってるんだ」

「お兄ちゃん……」

りおは小さく息を吐《つ》いた。哀愁とも、安堵《あんど》ともつかないため息だった。

「わかったよ、そこまで言うならあたしも頑張って協力する」

「ああ、頼む」

「ルイとお兄ちゃんのこと、陰ながら応援してるから」

「そっちかよ」

流れ的に『疑似家族計画』のことだと思ったので、流人は拍子抜けした。

だが、りおの表情は依然真剣だ。どこか思い詰めてるようでもある。

「あのさ……お前、いいのか？」

「何が？」

「いや、その」

うまく言葉にはできなかった。ただ、自分がルイとうまく行くことを、りおは本心から望んではいないような気がしたのだ。

しかし、それを口にするのもはばかられる——流人は黙りこくった。

その肩を叩《たた》いてから、りおは背中を向けて明るい声を出した。

「大丈夫だよ、お兄ちゃんが本気ならね」

「お兄《にい》ちゃんの幸せのために、『妹』としては色々と考えなくちゃいけないじゃん」

そして「さぁ、今日も『疑似家族計画』だー」と元気な声を張り上げながら、すたすたと歩いていく。その表情は、流人《りゅうと》の位置からは見えない。

ただ一つ、彼の心に抜けない棘《とげ》のような言葉が残った。

「え？」

「本気」

何となく、胸に手を当てて目を閉じてみる。ルイの悲しげな微笑が浮かんだ。

理屈ではなく、幸せにしてやりたいと思った。

「本気……なのかな」

首を傾《かし》げながら、流人はりおの後を追った。

流人とりおが去った後、校舎の曲がり角で一つの影が動いた。

壁に背でもたれてぼんやりつぶやく。

「そうだったの……」

影はルイだった。無表情で冷静な口調だが、これでも割と驚いている。

彼女はりおの言葉を胸中で反芻《はんすう》していた。

――お兄ちゃんは、ルイのこと気になってるんでしょ。

『疑似家族計画』で使う家には、この校舎の横手を通るのが最短ルートだ。まさかそこを通ったために、こんな事実を知ってしまうとは。

ただ、りおの言葉に流人は明言を避けていたようだが。

「でも、否定もしていない。本当なのかしら」

つぶやいてみて、ルイも流人のことが気になっている自分に気づいた。

いや、最初から彼のことが印象に残ってなかったと言えば嘘《うそ》になる。やや生意気ではあるが、どこか抜けていて、それでも他人に一生懸命になれる人間。

好感は持っていたが、それは弟みたいに感じているのだと思っていた。

しかし、向こうがこちらを気にしていると知った今、何となく自分の感情に狂いが生じてきている気がする。自分で自分が、よくわからない。

「私が感情に疎《うと》くなければ、この気持ちもちゃんと解明できるのかもしれないけど」

ルイはつぶやきつつも、流人とりおの気配が完全に消えたと思って、再び歩き出した。

目的地は一緒だ。『疑似家族計画』のための、自分たちの家。

流人の言う通り、とりあえずは自分の目的を達成しなければならない。

「だけど、その後は……」

つぶやき、彼女は少ししてから制服のポケットに手を突っ込む。硬い感触が指の先に当たった。

『疑似家族計画』の今日のテーマは「お菓子作り」だった。

「娘たちの手料理が食べてみたい！」と修司《しゅうじ》が主張したのがきっかけで、それならいつも買ってくる菓子の代わりに作ってはどうかと議決された。

ベタにクッキー作りが選ばれる。料理に関してはりおと美奈《みな》の得意分野だが、美奈は立場上りおの指導で動くことになった。

「今日はココアとプレーンの二つを作るからね。美奈はプレーンの方頼むね」

「はい、りおお姉《ねえ》さま」

「お姉ちゃんは後で生地の型抜きを頼むよ。これならぶきっちょでも簡単にできるし！」

「わかったわ」

はりきってあれこれと指示を出すりお。美奈も手際よく、その指示に従っていく。

ルイも不器用ながら一生懸命に型を生地に押しつけ、やがてクッキーは焼き上がった。

「おー、いい匂いだねぇ」

「こっちも、コーヒーや紅茶入ったぜ」

「じゃ、早速食べよ！　いただきまーす！」

「……うん、このココアクッキー美味《おい》しいですね。パウダーの量が絶妙です」

「こっちのプレーンも、サクサクしていて美味しいわ」

一同はわいわいと茶会を楽しむ。当然だが、家族としての役割も忘れない。常に自分たちの続柄《つづきがら》や目標を考慮に入れつつ、発言をしていた。

「え、えっと、洗い物はお願いしてもいいでしょうか、りおお姉さま」

「オッケー、任せとき。りおお姉《ねえ》ちゃんがぱぱっと洗ってくるよ」

「私も手伝うわ、りおよりも姉だものね」

「じゃ、父《とう》さんも皿ふきぐらいはするかな。ふんぞり返って娘たちに軽蔑されたくはないし、好感度上げたいからな」

「……それぐらいで好感度は上がらないし、そもそも下心を口に出してる時点で娘から軽蔑されるんじゃないかと思うぜ父さん」

一時間後、つつがなく茶会も後片付けも終わり、本日の活動も終了を迎えていた。

居間で全員がくつろいでる時に、ふとルイが流人《りゅうと》に近寄る。

「ねぇ、流人……いえ、流人くん。『疑似家族計画』のリーダーであるあなたに、提案があるのだけれど」

「え、何ですか？」

「実はね……」

ルイが何か言いかけたその時、流人の制服のポケットから着信音が鳴った。

「ちょっとすみません」と断ってから、スマホを取り出して通話をオンにする。

「もしもし」

『あ、流人《りゅうと》。元気してる〜？』

「何だ母《かあ》さんか。じゃ、切るから」

『息子が反抗期〜!? ちょっとぉ、用事聞く前に切ろうとしないでよ！』

「うるさいなぁ、どうせしょうもないことなんだろ」

気まぐれな麗《れい》のことだ。道ばたでタンポポを見かけたからという理由で電話をかけてきてもおかしくない。

だが、今回は少し事情が違ったようだ。

『しょうもなくなんかないわよ。むしろ、あんたに忠告しておこうと思って』

「忠告？」

『ちょっと厄介なことになりそうよ。さっき、学校の方に来賓《らいひん》が来てね。あんたらに話があるって、今そっちに向かってるから』

「はぁ!?」

流人が眉をよせると同時に、玄関のチャイムが鳴った。

慌てて玄関へと向かう。猛烈に嫌な予感がした。

ドアを開いた瞬間、その予感は一人の人間の形を取って視野に飛び込んできた。

「失礼」

初老——と言うのだろうか。髪がほぼ白くなった痩せぎすの男が、あまり陽気とは言えない表情と声で告げる。

じろり、と流人を見てから言葉を続けた。

「ここは『疑似家族計画』の仕居かね」

「あ、えっと、そうですが」

「ふん、そうか。今日は君たちに伝えることがあってやってきた」

「伝えるって……何をです？」

迫力のある視線に貫かれ、流人は初めてこの男がただ者ではないと感じた。

男は一呼吸置くと、しわがれた声で告げる。

「今すぐこんな無駄な活動はやめたまえ」

「えっ⁉」

「この家族ごっこに意味はない。学校側が〈フェシット〉の教育に必要だからと言うので信じて託したが、うちの娘に成長が見られん。私は正直失望したのだよ」

「娘だって？　あんた、一体……」

「お父様《とうさま》……！」

だが、流人の疑問は背後からの声で解消された。

「ルイ先輩？」

愕然《がくぜん》とした表情のルイを見て、流人《りゅうと》は初めて男の素性を悟る。

「申し遅れたな。私は『常盤哲《ときわてつ》』と言う。そこにいるルイの所有者だ」

哲、ルイの『父親』は尊大に名乗り、決して頭を下げることはなかった。

常盤グループの総帥《そうすい》にして、ルイの購入者である哲の要求はシンプルだった。

「このような意味のない計画からは、ルイを外させてもらう」

「それはできません」

リビングのソファにて。

哲に唐突な要望を突きつけられた流人は、激昂《げきこう》しそうになるのを抑えながら答えた。はらわたは煮えくり返っている。

確かに華々しい成果を上げたとは言い難《がた》いだろうが、それでも皆《みんな》一生懸命やっているのだ。部外者に「意味がない」などと言って欲しくはない。

だが、哲は一枚の写真を取り出すと、流人たちに突きつけたのである。

「ん、これは?」

「うちの娘、『ルイ』の写真だ」

「いや、それはわかるけど……」

「あれでも、何か違うくない? よくはわからないけど雰囲気がさぁ」

りおが首をかしげて、一同はうなずいた。ルイだけが暗い表情をしている。

哲は写真を眺めながら、どこか感傷的につぶやいた。

「正確には娘だった。今はもうこの世にはおらん」

「え？」

「数年前、私と娘は一緒に交通事故に遭った。幸い敦《あつし》は家で留守番をしていて無事だったが、私は怪我《けが》を負い、そして娘の『ルイ』は還《かえ》らぬ人となったのだ」

そして、ルイの方をちらりと見て言う。

「そこにいるのは、娘に似せて造らせた人形だ」

「「「……！」」」

「私はその人形に、娘と同じように敦に接するように命じた。姉が亡くなったことを、敦が悲しんでおったからな。だが、『ルイ』は優しく賢く、そして何より明るい子だった。それに比べてそいつはどうだ。賢いかもしれんが、向日葵《ひまわり》のような娘とは似ても似つかん。優しさも明るさも、比べものにならない」

「………」

「学校に通わせ、環境を変えれば少しは性格も変化すると思ったが何も変わらない。だから、今度はこの『疑似家族計画』とやらに賭けてみたのだ。それが成果を出さないのだから、何の意味もないと考えるのは当然ではないかね」

「それは……でも」

考え込む流人《りゅうと》は、『疑似家族計画』のことを一度頭の隅に追いやった。

彼はこの時初めてルイの苦悩を理解したのだ。

——私は、ただ『姉』であるだけでは駄目なの。

彼女にはずっと、なるべき原型《アーキタイプ》があったのだ。目標に到達できないもどかしさは、想像を絶するものがあっただろう。

「でもそれは、勝手じゃないですか。〈フェシット〉だって個性があるのに、それを潰して完全に別の人間になれなんて……」

「何を愚かな。〈フェシット〉は人間に使われる存在だ。こちらの要望に応えなければ、金を払って手に入れた意味がない」

「それにしたって」

流人がなおも言い返そうとした時、そっとその手にルイが触れた。

「先輩」

「構わないわ、流人くん。それは私も望んでいることなの。お父様《とうさま》のためにオリジナルの『ルイ』さんを再現してあげたい。もしも私のような感情に疎《うと》い〈フェシット〉にも心があるとしたら、たぶんこれがその心からの願いなのよ」

本人にそう言われれば、何も言えなかった。流人は息を吐《つ》いて諦める。

代わりに、そのルイが哲《てつ》に告げた。

「しかしお父様。この『疑似家族計画』が何の意味もない集まりだというのは、撤回していただけませんか」

「何だと!?」

「私はここにきて少しですが、人の感情、その機微がわかるようになってきました。かけがえのないことを教えてくれる場所なのです。ですから……」

「貴様、私に楯突《たてつ》くのか……！」

哲はルイの目をじっと見据えた。ルイも動じない。真っ直《まっす》ぐに見返す。

やがて、哲が折れた。

「……いいだろう。なら、ルイ。お前がそれを証明してみせろ」

「え？」

「二週間待ってやる。それまでに『ルイ』を完全に再現してみせろ。そうしたら『疑似家族計画』に意味があったと認める。お前を廃棄することもないと約束しよう」

「そんな、二週間なんて！　いくら何でも急すぎじゃん！」

りおが叫び返したが、やはりルイがそれを押しとどめた。

「わかりました、お父様。必ず成功させます」

「ふん。だが忘れるな、もしも再現できなければその時点でお前は廃棄だ。いいな！」

そして、来た時と同じく唐突に哲《てつ》は去っていった。

運転手付きのリムジンが走り去る音を聞いてから、流人《りゅうと》は再び息を吐《つ》いた。

「二週間か……」

「どうするの、お兄《にい》ちゃん。いくら何でも時間ないよ」

「でも、やらなければルイ先輩が廃棄されてしまいます」

「それだけじゃねぇ、脱落者が出たら『疑似家族計画』もどうなるやら。授業として無意味と見なされて、解体・中止になるんじゃね？」

一同が言うと、ルイが申し訳なさそうにつぶやく。

「ごめんなさい、父のせいで。最悪私が廃棄されるようなことがあっても、『疑似家族計画』は何とか存続できるように学校側を説得するから」

「いや、そもそも先輩が廃棄されることは前提に入れちゃいけない。俺たちがやるべきことは一つです」

流人は決意の表情を浮かべると、皆《みんな》の顔を見回した。

「こうなったらやってやろう。何としてでもルイ先輩に『ルイ』さんを再現させる！」

「おうよ、そうこなくっちゃ！　あのオッサンの鼻、明かしてやろうぜ！」

「だけど、これはあくまでその場しのぎだ。この『疑似家族計画』における最終的な目標は、ルイ先輩にとっての理想の姉を追求するってことは忘れるなよ」

「ええ当然です、先輩には先輩の目的がありますから」

修司《しゅうじ》も美奈《みな》も力強くうなずいた。りおも「そだね」と答える。

すっかりリーダーとして皆をまとめ上げている流人を、ルイは頼もしそうに見つめていたが、やがて目を閉じて深々と頭を下げるのだった。

「皆、よろしくお願いするわ」

○

それから、忙しい日々が始まった。

『疑似家族計画』のメンバーは学校側に許可を取って休学にしてもらい、ずっと家族として過ごすという猛練習に出た。本当は泊まりがけで二十四時間みっちりやりたいところだが、残念ながらルイが敦《あつし》の面倒を見ないといけないので夕方は帰らなければならない。

それでも一日の半分以上を『疑似家族計画』として使っている。こんな無茶《むちゃ》がよくも通ったものだが、麗《れい》に相談したら「任せなさい」と言って、翌日から許可が出た。理事長として何か圧力でもかけたのだろう。

かくしてルイの姉としての特訓が行われる。

ただ姉として接するだけでなく、オリジナルの『ルイ』を再現しなければならない。一同はルイの知識から『ルイ』がどのような人物であったかを特定するところから始めた。

「明るくて優しくて、周りに笑顔を振りまいていたそうよ。常盤《ときわ》家は敦《あつし》を産んですぐに母親が亡くなってるので、母代わりでもあったみたいね。家事全般は彼女が常にやっていて、敦の世話もしっかりしていたみたい。そして学業も優秀で、同級生にも親切で、父親も敬愛しており……」

「……完璧超人、いや天使だな！　そんな人が亡くなったなんて実に惜しい！」

「これは、ルイお姉《ねえ》さまが苦労するのもわかりますね。目標が高すぎます……」

「でも、まったくクリアしてないってわけじゃない。できてるところを整理すると、ルイ先輩は敦の面倒はちゃんと見てるし、家事もこなせている」

「料理はちょっと苦手だけどね」

「混ぜっ返すな、りお……それと、学業も優秀だし、他の生徒の相談にも乗っているから親切や優しいという点はいいと思う。その、あの父親にも敬意を払ってるみたいだし」

「ええ、それは認めるわ」

つまり、明るい性格と、笑顔。それと料理の腕を鍛えるのが当面の課題となりそうだ。

だが、これがなかなかに難しい。

何しろルイには「合理性」を求める傾向にある〈イデア〉が備わっているのである。どうしても思考が論理的な方向に偏《かたよ》ってしまう。

「人を気遣う時は、笑顔になればいいのね。これでどうかしら」

「明るい性格とはつまり、ポジティブな思考によるもの。常に楽観的であればいい――しかしそれでは、起こるかもしれない事故に対応できないのでは？」

「料理はレシピ通りに作れば、問題なく完成するはず。しかし、この適宜とはどの程度なのかしら。そもそも、飴色《あめいろ》の飴はどのような飴で……あ、焦がした」

笑顔は営業スマイル、明るい性格は気を抜けない性分のために難しい、料理は考えすぎて失敗が多い。これらを見て、さしもの流人《りゅうと》も苦笑を浮かべた。

「うーん、これは骨が折れそうだな……」

「ごめんなさい、頑張ってはいるのだけれど……」

ルイがしょぼくれていると、修司《しゅうじ》が後ろから明るい声を出した。

「でもさ、前より態度は柔らかくなったんじゃないか。」

「そうですね。前から面倒見が良かった方だとは思いますが、今はさらに表情が柔和になったというか、心から私たちの世話を楽しんでくれている気がします」

「まぁ、前よりちゃんとお姉《ねえ》ちゃんしてるのは認めるよ」

りおまでもが太鼓判を押してくれた。ルイは驚いて三人を見る。

流人が横から口をはさんだ。

「少しずつだけど、成果はあると思う。時間はまだあるんだし焦らず一生懸命頑張ろう。

なに、仮にうまくいかなかったとしてもその時はその時で何か方法を考えればいいんだ。俺は最後まで、ルイ姉《ねえ》さんのこともこの『疑似家族計画』のことも諦めねぇよ」

「流人《りゅうと》……そうね、私も最後まで諦めないわ」

ルイはうなずき、再び料理の練習に戻った。


特訓に入って数日が過ぎた。

練習の甲斐《かい》あってか、ルイには少しではあるが変化が見られてきた。

家族の会話に積極的に参加し、自分からも話題を振るように努める。声をかけられた時は、微笑ではあるが笑みを浮かべる。彼女なりにではあるが、明るい振る舞いを見せるようになったのである。

さらに成長著しいのが料理の腕であり、回数を重ねた結果何とか人並みのものは作れるようになった。

これには流人たちも、喜びの表情を隠せない。

『疑似家族計画』進行中、ルイがいない時にリビングで嬉《うれ》しそうに言葉を交わした。

「おい、このぶんなら何とかいけるんじゃないか」

「そうだな、娘の成長ぶりにはこの父親も目頭が熱くなるぜ。くぅ、ハンカチ持ってきやがれ！」

「ただクールなだけでなく、温厚な部分が前に出てきました。ルイお姉さまは元々優しい人なんです。それを前に出すのが苦手だったんですね」

「うんうん、あたしなんてさっきお菓子もらったよ」

ルイに硬い表情をしていたりおも、すっかり相好《そうごう》を崩すほどの成長だった。成長に満足を感じているのだろう。

と、そのりおが再び眉をよせて流人をつついてくる。

「それで、『流人』。この後のことは考えてる？」

「え？」

「だから、お姉ちゃんのこと。このまま行ったら、『疑似家族計画』を卒業しても問題なくなるって話。それ、流人は……」

「ああ、そうか。目的達成したらここにいる必要なくなってくるのか」

「ルイお姉さまは秘書になる夢もありますし、なおさらこの家を出て行きそうですね」

りおが何か続きを言いかけたが、先に修司《しゅうじ》と美奈《みな》が反応した。前に流人たちがたどり着いた結論を口にする。

流人は少し考えてから、手ではさみをちょきちょきする仕草をした。カット、つまり
「一度家族ごっこを中止する」ジェスチャーだ。一同の肩の力が抜ける。

「これは改めて皆《みんな》にも言っておきたい。ルイ先輩の、というより『疑似家族計画』に参加

する〈フェシット〉の目的は、理想の家族のあり方を学んで廃棄を免れることだ。仮に先輩がそれを達成したら、ここにいる理由はない。俺たちにどうこう言う資格はねぇよ」

「でも、お兄《にい》ちゃん……」

「それに、誰より先輩がそのことを望むならやっぱりそれを邪魔したくねぇ。俺は笑って送り出すのが一番いいと思う」

微笑を浮かべる流人《りゅうと》の言葉に、修司《しゅうじ》と美奈《みな》は顔を見合わせた。ひょっとしたらこの二人も、流人の思いには薄々気づいていたのかもしれない。

と、そこにルイが入ってきた。一同は思わず押し黙ってしまう。

ルイは首をかしげていたが、やがて流人に告げた。

「流人……いえ流人くん。ちょっと」

「え、あ、はい」

ルイも家族としてではなく、あくまでルイとして話があるようだ。手招きされるままについていく。

二階の一室にたどり着いた。ルイが私室として使っている場所だ。ラグの敷いてある中央に、座るように言われた。

「よいしょと。先輩、何の用ですか？」

「待って。まずはお礼をするから」

「お、お礼？」

流人は慌てた。ルイが後ろに回ってそっと首筋に触れてきたからだ。何をする気なのかと、緊張と期待が胸に走る。

すると、電流も走った。比喩《ひゆ》表現じゃなく本当に。流人は慌てて肩を押さえようとし、そこにルイの手があることに気づいた。

「せ、先輩、何ですこれ？」

「私の手には、オプションとして護身用のスタンガンが仕込んであるの。高圧電流で相手をしびれさせることができる……けど、電流を調節すればこの通り」

「……ふあ、何か気持ちいい」

「低周波電流のマッサージよ。日頃、お世話になってるから……あなたには負担をかけっぱなしね」

つぶやくルイの声は優しかった。息が首筋に熱くかかるのがわかる。いつものクールなルイとは何か違うようで、流人は少し驚いた。

そのまましばらく流人の肩をほぐしてくれたが、やがて充分と思ったのか手を離した。

「さてと、お礼はここまで。それで本題なのだけれど……」

「え、もう少しやってくれても。気持ち良かったのに」

「ダメ。あまりやりすぎるとクセになるわ」

ビシッ、と言ってからルイは悪戯《いたずら》っぽく微笑を浮かべた。やはりいつもと違う。それとも、特訓の成果が出てきているのだろうか。

やがてルイは流人《りゅうと》の目を見据えて告げた。

「結論から言うわ。もし私がお父様《とうさま》を説得できたとしても、私はここにいるから」

「え……それって、つまり？」

「『疑似家族計画』に残るということ。ごめんなさい、さっきの会話聞こえてたの」

実はもう少し前からこの懸念《けねん》を知っていたことを、流人は知らない。

ただ、ルイの発言に驚きを隠せずにいた。

「そうなんですか、でもどうして？　ここを卒業すれば、他に時間が作れるんですよ。秘書になるための勉強だってはかどるし」

「そうね、確かにその方が合理的だわ。でもどうしてかしらね、これぱかりは私の『イデア』もそうでない方を選びたいと言ってる気がするの」

そして、ルイは流人の手に小さな手帳のようなものを渡した。

流人はしげしげとそれを見つめる。

「これは？」

「前に渡そうとした、私のリモコンよ。お父様がやってきてタイミングを逸したのだけれど……改めてあなたに託すわ」

「でも、これは」

「受け取って。私は、あなたを信頼することにしたの。ううん、ひょっとしたらそれ以上の感情も抱いてるかもしれない。自分でもよくわからないけど……」

「先輩……」

流人《りゅうと》は胸が高鳴るのを覚えた。しっかりと手帳型のリモコンを握りしめる。

「ああ」と心中でつぶやいた。

——俺、やっぱりこの人のことが好きなんだな。

ずっといてくれる、と言われただけで。好意を持ってるかもしれない、と言われただけで。こんなにも舞い上がりそうな気持ちになってくる。

流人は幸せをかみしめながら、ルイに手を伸ばした。

「ありがとうございます、先輩。正直、先輩が残ってくれるって言ってくれて嬉《うれ》しいです」

「私もよ。これからもよろしくね、流人くん」

そして、二人は握手を交わす。温かな空気が確かに部屋に流れた。

——この時二人は気づいていなかった、部屋の外に小さな影があったことに。

影はしばらくずっと佇《たたず》んでいた。何ごとか考え込んでいたようだった。

やがてうなずくと、小さなつぶやきを残して去った。

「良かったね、お兄《にい》ちゃん……」

しばらくしてから、その日の訓練が再開されることになった。

今度はもう少し笑みのグレードを上げてみようという話になる。

「もうちょっと明るい笑みを浮かべれば、写真の『ルイ』さんに近くなるんじゃないか」

修司《しゅうじ》の言葉に、一同がうなずいたその時。

突然、玄関のチャイムが鳴った。

「誰だ？　ここに訪問者なんて珍しいな」

流人が首を傾《かし》げドアを開いてみると——

「ルイはいるか？」

「げっ」という言葉をかろうじて飲み込んだ。

そこに立っていたのは哲《てつ》だったのだ。今度は護衛らしき黒服も数人立っている。

「何だよ……何ですか？　先輩ならいるけど」

「そうか、それは良かった。ルイ、こっちへ来い」

哲の言葉に、ルイも不思議そうな表情を浮かべながら従う。どうやらその目的を彼女も把握していないらしい。

その手を哲が強引に引っ張った。

「え、お父様《とうさま》？」

「来るんだ、ルイ。今すぐに家に帰るぞ」

「お、おい、待てよオッサン！　どういうことだ！」

慌てて粗暴な言葉遣いになる流人《りゅうと》に、しかし哲《てつ》は気にも留めないふうに答えた。

「事情が出来てな、結果を今すぐ見させてもらう……連れて行け！」

今度は無視して、後ろの黒服に呼びかけた。男たちは手早くルイを捕まえる。

〈フェシット〉の身体能力は、人間のそれより高い。だが、多人数相手ではさすがに分《ぶ》が悪いようだった。ルイが呆然《ぼうぜん》としていたのもあるだろう。

ルイはリムジンに引きずり込まれた。

「え、え……ええ!?」

同じく呆気《あっけ》にとられた流人の目の前で、リムジンは哲も飲み込み走り去る。

流人が我に返ることができたのは、実に数十秒後のことだった。

第九話　『疑似家族』の試練

彼女と初めて会った時のことは覚えている。

自分はまるで迷い子だった。

そこに、風が吹いた気がした。

立っていた少女は、手を差し伸べてくれて。

浮かべている微笑は、ぎこちなくもどこか優しかった――

○

「どういうことだ、流人！」

「俺に訊《き》かれたってわかるかよ！」

叫ぶ修司《しゅうじ》に流人も声を荒らげた。

ルイが連れさられた後のことである。家で待機していた一同は、流人の説明を聞いてすっかり混乱してしまった。

「何でさ、二週間後って言ってたのに急すぎるじゃん！」

「まったくだ、自分で言っていた約束を破るなんて勝手にもほどがあるぜ」

「でも、何か事情があるのかもしれません。さすがに気まぐれで連れ去ったとは考えにくいのですが……」

「たとえば、どんな？」

修司《しゅうじ》の問いに美奈《みな》は考え込んでいたが、やがて「待っていてください」と告げるとリビングを出て行った。

その間に残った三人は、今後の方針を固めることにする。

「それでどうする？　いくら成果が出てきたとはいえ、先輩はまだ『ルイ』さんを完全に再現できたとは言えないぜ？」

「試験に受かるとは思えないな……だけど、向こうから約束を破ったんだ。こっちも約束を守る必要はない。強引にでも先輩を取り戻す」

「でも、所有権は一応向こうにあるんでしょ。渡せって言っても渡してくれるかなぁ」

りおの指摘に流人《りゅうと》は押し黙った。図星だったからである。

どうにも考えがまとまらないし、打開策も思いつかない。三人が悩んでいると、やがて美奈が勢いよく扉を開けて帰ってきた。

「わかりました、どうしてルイ先輩のお父《とう》さんがあんな行動に出たのか」

「本当か！　どうやってわかったんだ？」

「事情があるとしたら、プライベートよりも仕事関連じゃないかと思ったんです。それで、その、お祖母《ばあ》さまに調べてもらうよう頼みました。お祖母さまは大企業の総師《そうすい》です。業界の動きぐらい、すぐ調べられるので」

「はぁ、すごいじゃん！　美奈のおばあちゃん、格好《かっこ》いい！」

「ええ、自慢のお祖母さまです。ただ、その、少しおねだりする必要はありましたが……」

顔を赤くする美奈。ぎこちなく「お祖母さまお願い」と頼みこむ美奈を想像し、流人は少し吹き出しそうになった。

「わ、笑わないでください……でも、お祖母さまは『お前がそこまで私を頼りにしてくれるなんてねぇ』と嬉《うれ》しそうでしたので」

「『疑似家族計画』の成果が意外なところで出たわけだな。それで、あのオッサンがいきなりルイ先輩を連れて行った理由って何なんだよ」

「はい。急なことなんですが、『常磐《ときわ》グループ』が海外に一つ支社を構えることになったんです。そこで総師である哲《てつ》氏自らが海外に長い間出張することが決まりました。それが、数日後なんです」

これは私の推測ですが、と美奈は付け加えて話した。

「哲《てつ》氏は、つまり先輩のお父《とう》さんはルイ先輩を早めに試験し、無理なようなら廃棄してから海外へ向かうつもりじゃないでしょうか。ご家族を連れて行くかどうかは、かなり重要な判断だと思いますので」

「なるほど……」

流人《りゅうと》は一応はその説で、哲の早急な行動を理解した。

もちろん、納得するつもりはないが。

「こうなったら直訴《じきそ》だ。何が何でも先輩は取り戻す。直接家に行って話そう、幸い住所は『疑似家族計画』参加時に登録してもらってるからな」

そして一同はうなずき、タクシーをチャーターして常盤《ときわ》家に向かった。

常盤家は豪邸とも呼べるほどの大邸宅――どころの騒ぎではなかった。住宅街のかなり外れに、ちょっとした遊園地を建設できるほどの敷地を取り、洋風の屋敷を何棟かに分けて建てている。ここまでくるともはや城だ。

敷地は大きな塀で囲まれ、幸いにも門のそばにインターホンが設置してあった。流人は内心ほっとしながら、そのスイッチを押した。

「すんません、常盤さんの家ですか。ちょっと話があるんですけどねー」

だが、そのぶっきらぼうな質問も、無意味に終わる。

『現在屋敷の人間は取り込んでおります。申し訳ございませんが、またの機会にお越しいただくようよろしくお願いします』

「はぁ？」

明らかな機械の合成音に断られて、流人は鼻白《はなじろ》んだ。

長い廊下を歩きながら、哲は独り言のようにルイに告げた。

「いいか、お前にはたっぷりと時間を与えたつもりだ。その上で、二週間が数日になったところで大差ない。今すぐに結果を見せてもらう。お前が『ルイ』を再現できるかどうかをな……不服はあるか？」

「いえ、お父様……」

「……不安が残るな。『ルイ』は私がどのような怖い顔をしても、明るく受け止めてくれる子だった。『お父さん、眉間《みけん》にしわが寄ってるよ』と言って、笑い飛ばしたものだ。お前のように暗い顔は決して見せなかった」

嘆息すると、後ろを歩くルイに改めて振り返る。

「いいか、『ルイ』は私にとっての太陽だった。そして、何より敦《あつし》にとってそうだったのだ。だから、お前を『ルイ』として望むのは敦のためだ。敦を思うなら、『ルイ』を再現するのがお前の使命だと心得ろ」

「重々承知しております」

「ふん、『ルイ』ならそんな言葉は使わん。あの子はいつだって明るく、優しく……」

ぶつぶつ言いながら、哲《てつ》は歩を進めていく。

ルイはそれに従おうとして、ふと廊下の角で誰かが顔を覗《のぞ》かせていることに気づいた。

「敦《あつし》……？」

「あの、父《とう》さんに試験に立ち会えって言われて……あの、今日もしも、その、『ルイ』姉《ねえ》ちゃんみたいにできなかったら、姉ちゃんは廃棄されるんだろ？」

少年はその顔に恐怖に近いものを浮かべていた。ルイの末路を想像してしまったのかもしれない。

ルイは彼の傍《かたわ》らにしゃがみ込んだ。

「大丈夫よ。別にスクラップにされるわけじゃないわ。ただ、記憶を消されるだけ」

「でも……」

「私はお父様のオーダーに応えて、試験を受けるの。それが〈フェシット〉の役割だから」

「…………」

なおも不安そうにする敦の手を、そっと握る。

「あ……」

「行きましょう。お父様が待っているわ」

そして二人は、ゆっくりと歩き出した。

○

「どうなってるんだよ、この屋敷は！」

広大な敷地の中を走りながら、流人《りゅうと》はヤケクソのように叫んだ。

後方から機械の腕がのびては、彼の襟を掴《つか》もうとして空《くう》を切る。他の者たちも同様に捕獲されそうになっていた。

機械音声に拒まれた後、彼はりおたちと一緒に屋敷に忍び込むことにしたのだ。

不法侵入だが、哲を説得しなければルイがいつ廃棄になるかわからない。警察にお縄になる覚悟で塀を乗り越えた。

が、その瞬間十数体の〈デミフェシット〉が現れ、流人たちに「侵入者発見」と繰り返しながら迫ってきたのだ。

その腕はワイヤードパンチ――以前にりおが言っていた攻撃用の金属コーティングだと見抜き流人はぞっとした――になっており、侵入者である流人たちを捕獲、もしくは直接的に殴ろうとしてくる。

りおが何度か自分のワイヤードパンチで応酬《おうしゅう》し、格闘技もミックスして立ち回っている。

「えーい！」

「ガガピピピ……！」

押し倒されて転倒し、その衝撃でショートでもしたのか〈デミフェシット〉の何体かは沈黙した。

だが、しょせんは多勢に無勢。次々に新手が現れる。流人《りゅうと》たちはそのたびに立ち止まっては応酬《おうしゅう》、隙を見て逃走を繰り返し、そろそろ疲れが見え始めていた。

と、走りながら美奈《みな》が告げる。

「思い出しました。『常盤《ときわ》グループ』は〈デミフェシット〉の開発を主に行っています。特に最近開発された強化型の警備用〈デミフェシット〉のテストは常盤哲総帥《てつそうすい》自らが行っているとの噂《うわさ》です」

「じゃあ、こいつらがその〈デミフェシット〉か？　それにしたって、装備がちょっと過激じゃねぇのか！　攻撃用のワイヤードパンチなんて警備じゃすまないだろ！」

「それが将来的に海外に売り出すことも考え、司法の許可を取って配備テストをしているそうなんです。特別許可の是非を巡る裁判も行われましたが、優秀な弁護士団によって勝訴したのだとか」

「かぁっ、金持ちはやることが違うね！　家の中がもう治外法権なんかい！」

修司《しゅうじ》が皮肉を言ったが、この状況では役に立たない。

と、先ほどからちらちら〈分析眼《アナライズ・アイ》〉で警備員を調べていたりおが叫んだ。

「お兄《にい》ちゃん気をつけて！　こいつら〈フェシット〉と同じ性能を持ってる。要するに、人間の五倍以上の身体能力持ってるの！」

「何だって、それじゃ人間の俺だと不利じゃないか！」

「……という割には、さっきからまるで追いつかれてませんね」

「というか、全力のおれたちと併走してるよな流人」

顔を見合わせる美奈と修司。

だが、流人は平然と走ったまま、後ろを振り返りつつりおに尋ねた。

「何とかあいつを止める方法ねぇのか？」

「任せて、それもアナライズしたから。首の後ろに小さな緊急停止スイッチがあるの。今からあたしが牽制《けんせい》かけて動きを止めてから、隙を見てワイヤードパンチで……」

「それじゃ間に合わねぇ！」

しかし流人は叫ぶと、くるりとその場でターンを決めた。

〈デミフェシット〉にはこの行動は予想外だった。捕捉対象が自分に突っ込んできたのである。

〈フェシット〉に比べ、彼らは柔軟な対応に劣る。流人がこちらに距離を詰めてきて、一瞬反応が鈍った。だが一瞬だけだ。次の瞬間には、流人を制圧するためにプログラムが作動、それぞれの武器を行使すべく動作を行う。

その身体能力は、常人の五倍以上。

――それを流人《りゅうと》が上回った。

「「え!?」」

美奈《みな》と修司《しゅうじ》が驚きの声を上げる中、流人は素早く前列の〈デミフェシット〉たちに向かうと、次々に蹴り倒していった。

そのまま倒れた〈デミフェシット〉を踏みつける。その首筋を。スイッチが切れ、彼らは次々に沈黙していった。

他の数体が慌ててワイヤードパンチを放つ構えを取った。

「遅《おせ》ぇよ！」

流人が足をバネにして、彼らに襲いかかる方が先だった。

〈デミフェシット〉たちのデータには自分たちと同等の速度で襲いかかる人間の対処法などなかっただろう。タックルが綺麗《きれい》に決まり、一体が吹き飛ぶ。陣形が崩れ、〈デミフェシット〉全体に隙が生じた。

「よっし、今だぁ！」

りおのワイヤードパンチが飛翔《ひしょう》した。形状記憶合金が使われてるワイヤーは、りおの流す電流で自由に形を変えて、軌道も変更できる。それはりおの計算通りジグザグに動き、ほとんどの〈デミフェシット〉の首筋を通り、次々にスイッチを押していった。

一体押し損なったが、流人が素早くカバーに入る。

そして、それが最後の一体だった。

「よし、今度こそ全部片付けたな」

「すごいですね……〈フェシット〉並みの運動性能を持つ〈デミフェシット〉を制圧してしまいました」

「流人の奴《やつ》恐ろしく強いな……」

その言葉にりおは首をかしげていたが、やがて納得がいくように両手を叩《たた》いた。

「そういえば、あたし昔からお兄《にい》ちゃんに格闘技の練習付き合ってもらってたんだよね」

「え、それが何か？」

「その時、全力で攻撃もしてたし、力比べもしてたの」

「「あ、なるほど」」

つまり、りおの練習相手になってるうちに、流人も〈フェシット〉並みの速度とパワーが身についたというのだろう。信じられない話だが、他に理由が思いつかなかった。

人間の潜在能力は恐ろしいと、しみじみ実感する〈フェシット〉たち。

話を聞いていた流人は自分の手をしげしげと見つめていたが、やがて肩をすくめた。

「何だよ、結局りおのせいじゃねぇか」

「まーまー、それで強くなれたからいいじゃん。『せい』じゃなくて『おかげ』だよ～」

「……強くなれたっていうか、それだけ苦労したってことなんだけどな。まぁ、この場を切り抜けられたからよしとするか……ん？」

ふと気配を感じて振り返る。

とある建物の窓の中。歩いて行く一人の女性と、数人の男が見えた。

「先輩！」

「え、どこ？」

りおが確認する前に流人《りゅうと》は走り出す。

他の三人も慌ててそれにならった。


ルイと敦《あつし》が連れてこられたのは、何てことはない居間の一つだった。

三人では持て余す広さの部屋に、暖炉、ソファ、テーブルなどがある。ここに時々掃除や給仕のための使用人が置かれ、常磐《ときわ》家の日常が描かれていた。

今は代わりに違う人間が配置されていた。数人の黒服の男たち。哲《てつ》のボディガードも務める警備員たちだ。その中でも拳銃所持の許可証を取得している特殊クラスの人材、いわゆるS級ガードマンとルイは記憶していた。

哲はルイの心中を察したように言った。

「物々しいと思うか？　これからお前の試験を行い、場合によっては廃棄が決定する。その際にお前が逃亡する可能性もあるからな。当然の処置だ」

本人を前に堂々としたものだ。ルイは逃げるつもりなどはなかった。だが、彼女はただ一言「おっしゃる通りです」とだけ言った。

ぎゅっと敦が自分の手を握ってくる。緊張なのか、恐怖なのかわからない。ただ、これが最後になるかもしれないとルイはしっかり握り返した。

正直なところ、『ルイ』を再現する自信は五分《ごぶ》と言ったところだった。

彼女の性格はわかる。仕草も、言動の傾向も理解できる。何より、今までの特訓の成果もあった。再現するのは難しくない――とは言えないが、不可能とも思わない。

だが。

（私は、何を迷っているのだろう）

ルイは、そんなことを考えている自身に驚いた。

自分は迷っているのだ。『ルイ』を再現することに。どうして？

流人の顔が浮かんだ。そして、りお、修司《しゅうじ》、美奈《みな》――もう一つの家族の顔が。

「では試験を始めるぞ。お前を必要としているのは何より敦だ。だから、今から『ルイ』として、敦に接してみせろ。上手《うま》く再現できたら合格にしてやる」

哲の言葉にルイはうなずいた。

敦のそばにかがみ込む。

「敦《あつし》、よく聞いてね……」

その声に、敦はつばを飲み込んだ。


「本当にこっちでいいんですか？」

「間違いない、ここで見かけたんだ。あれは先輩だった」

美奈《みな》の問いに流人《りゅうと》はうなずいた。

ルイがいると思《おぼ》しき建物は、幸いなことに施錠もされていなかった。鍵をかけ忘れたか、警備員がいるためそこまでしなくていいと高をくっていたのだろう。

しかもどうやら完全防音であり、それが幸いして外の騒動も伝わってないようだ。

赤いふかふかの絨毯《じゅうたん》を歩きながら一同はきょろきょろと目をこらす。

やがて、りおがぴくんと体をこわばらせた。

「いた、あっちからルイの声が聞こえる……あのおじさんも一緒だよ」

「本当だ。やっぱり、ここで試験をするつもりか」

流人はつぶやきながら、りおが指さす先——大きな扉の方へと足を忍ばせて近づいた。

他の三人がついてくるのを確認すると、扉の前で足を止めて声をひそめる。

「おい、確認するぞ。俺たちは喧嘩《けんか》を売りに来たわけじゃねぇ……ただ、ルイ先輩にもう少しチャンスを与えてやってほしいと頼みに行くだけだ。そこは間違えるなよ」

「不法侵入したり、警備用〈デミフェシット〉停止させたり、もうだいぶ色々と喧嘩売るようなことしてるけどね」

「うっ。しょうがないだろ……ともかく、必要なのは誠心誠意頼み込むことだ。いいな」

「任せろ、誠心と誠意なら得意分野だ」

「……なぜでしょう、修司《しゅうじ》さんが言うと説得力ない気がします」

美奈が苦笑したのを皮切りに、全員表情を引き締めてうなずく。

流人が扉のノブに手をかけて少し押し開け——その時だった。

「な、な、何だそれは！」

「「「うわ!?」」」

哲《てつ》の大きな叫び声が響き、流人たちはその場でひっくり返りそうになった。

◯

試験開始後、ルイが取った行動は敦を優しく抱きしめることだった。

それはいい。きっと『ルイ』でも時々やっていただろう。

だが、彼女は敦にこう告げたのだ。

「ごめんなさい、敦。私は『ルイ』にはなれないわ」

「え……」

抱きしめられたまま、目を瞬《またた》かせる敦《あつし》。

哲《てつ》もきょとんとルイを見つめていたが、やがて顔を憤怒の相に変えて叫んだ。

「な、な、何だそれは！」

だが、ルイは気にもとめず平然と続ける。

「私は私だもの。どれだけ付け焼き刃で他人になろうとしても、それはきっと本物ということではないと思う。私は、本物の、明るく優しい『ルイ』にはなれない」

「……姉《ねえ》ちゃん」

「それにね、こんな私を受け入れてくれた『家族』があったの。彼らはありのままの私のことを見てくれていた。そんな彼らの気持ちを、私は裏切りたくないから……だからね、私は『ルイ』にはならないわ」

「………」

「ごめんなさい、あなたの姉になれなくて。でも私は、あなたのことをかけがえのない弟と思っていた。ずっと大切にしたかった。それはもう無理かもしれないけど……せめてあなたとお父様《とうさま》には、いつまでも幸せでいてほしい」

ルイは立ち上がると、哲に向かって一礼する。

「試験はこれで終わりです。好きに処分なさってください、お父様。ただ、一つだけ約束してください……もう、『ルイ』さんの影を追うのはやめると。それはきっと、誰にも代われないものですから」

「貴様、〈フェシット〉の分際で私を愚弄《ぐろう》するのか！」

「愚弄ではありません！　そうでなければ、あなたはきっと大切なものを失います！」

ルイの声は、これまでにないほど感情的だった。自分がこんな切実な声を出せるのかと、彼女自身驚くほどだ。

だが、それは父が憎くてのことではない。むしろ逆で――

しかし、それは当人に届かなかった。

「……したり顔で説教しおって！　よかろう、ならば望み通り処分してくれる！　お前ら、この出来損ないを捕まえろ！」

哲は顔を真っ赤《まっか》に染めあげたまま、黒服に命じた。

黒服がそれに応え、ルイを捕らえようとする。

ルイは逆らわない。微動だにしなかった。

「姉ちゃん！」

敦が叫んだその時。

――ドアが音を立てて開かれた。

飛び込んできた影が、黒服とルイの間に割って入り、彼らを素早く投げ飛ばす。

「うおっ!?」

悲鳴を上げる黒服たちは、さらに飛来してきたワイヤーによって、まとめて捕縛された。

「ごめんね、おじさんたち。ちょっと大人《おとな》しくしててね」

「まったく、また無用な喧嘩《けんか》売っちまったじゃねぇか。本当、間が悪《わり》ぃな」

「流人兄《りゅうとにい》ちゃん、りお姉《ねえ》ちゃん！」

敦《あつし》が顔を輝かせて闖入《ちんにゅう》者の名を呼んだ。ルイも目を瞬《またた》かせてつぶやく。

「あなたたち、どうして……」

「本当は直談判《じかだんぱん》にきたんっスよ、流人いわくだけど」

「……でもこれ、話し合いとか成立するんでしょうか」

修司《しゅうじ》の呆《あき》れ声に、美奈《みな》も不安そうな口調で同意する。

実際、哲《てつ》はますます怒りを増した表情で、流人たちを睨《にら》んだ。

「貴様ら、なぜここにいる！　不法侵入だぞ！」

「後で警察呼んでもらっても構わない。だけど、その前にこっちの話も聞いてくれ！」

「聞く耳持たんわ、今すぐに警察に……いや、この場で私が殺してくれる！」

その言葉は、あまりにも頭に血が上ったために出てきたものだろう。だが、実際に哲は持っていた杖《つえ》を振り上げ、目は血走っていた。正気を失いかけている。

流人は身構えた。りおは黒服たちをワイヤードパンチで縛っているため、身動きが取れない。修司と美奈はあまり戦いは得意ではなさそうだ。いざという時動けるのは自分しかいない。

哲の動きに気をつけながら、彼は慎重に口を開いた。

「あのさ、聞いて欲しいんだ。先輩はずっとあんたと敦のことを考えていたんだ。娘として、姉として。そんな先輩は、確かに『ルイ』さんの代わりにはならないかもしれない。でも、間違いなくあんたたちの家族じゃないかな」

「違う、こいつは『ルイ』だ、そのために買ったのだ！　私は『ルイ』を失い、ずっと敦を不憫《ふびん》に思っていた。姉を失ったのだぞ、しかも仲の良かった姉だ！　その『ルイ』以外のものを私はいらない。すべては敦のために……」

「違う！」

叫んだのは流人ではなかった。

敦がにらみつけるような形相で、哲を見上げていた。

「俺は、偽物の『ルイ』姉ちゃんはいらない！」

「敦……何を言ってるんだ。だから父《とう》さんは、この〈フェシット〉を本物の『ルイ』に」

「それが違うんだよ、父さん！　『ルイ』姉ちゃんはもう死んだんだ。俺はそれが悲しくてずっと泣いてた。だから父さんは俺のことを思って、この姉ちゃんを連れてきてくれたんだと思う。俺も、『ルイ』姉ちゃんが帰ってくるって聞いて、期待した。でも」

初めてルイと出会った時、敦《あつし》はずっと泣いていた。

『ルイ』がいなくなって、自分の殻に閉じこもっていた。

そこに風が吹いた。心の扉を開く風が。

新しく来た『ルイ』そっくりの少女は、確かに外見だけならよく似ていて。

でも、不器用な微笑ですぐにわかった。彼女は『ルイ』とは違う存在なのだと。

「俺、迷ってた。本当言うと、『ルイ』姉《ねえ》ちゃんとは違うけど、一生懸命俺のことを考えてくれる姉ちゃんの気持ちがすごく嬉《うれ》しかったんだ。でも、『ルイ』姉ちゃんそっくりなこの人に、どういう気持ちを向けたらいいかわからなくて」

だけど、と敦はルイの手を取った。

「もうわかったよ。俺、この人のことが姉ちゃんとして好きだ！　『ルイ』姉ちゃんじゃないけど、『ルイ』姉ちゃんはもうどこにもいないけど、それでも俺のことを考えてくれてるこの姉ちゃんが好きだ！　だから、偽物の『ルイ』姉ちゃんである必要はない。この姉ちゃんは、この姉ちゃんのままでいい！」

「あ、敦……」

「それに、『ルイ』姉ちゃんが必要なのは、本当は父《とう》さんなんだろ!?　父さんは『ルイ』姉ちゃんが死んでから、とても苦しそうな顔をしてたもの。でも、ダメだよ父さん。『ルイ』姉ちゃんはもうどこにもいないんだ、だから……」

その言葉に。哲《てつ》は肩の力を抜いて、顔を伏せた。

敦の訴えが通じたのだと、誰もが思った。

「父さん……」

「ふざけるな」

「……え？」

「お前に何がわかる？　『ルイ』は私の太陽だった！　いつも優しく『頑張ってね、お父さん』と励ましてくれた！　将来の夢は何だと訊《き》いたら『私、お父さんの秘書になりたい。お父さんのために働くの』と笑顔で答えてくれた。あの子は私の全てだった！」

哲の声は、怒気を通り越して狂気に近づきつつあった。

彼は震える手で、今一度杖《つえ》に力を込める。

「敦、お前までも、お前までもが……私から『ルイ』を奪おうというのかぁ！」

「うわぁああ!?」

振りかぶる凶器は、真《ま》っ直《す》ぐ敦に向かっていた。

敦が打ち据えられようとしている、まさにその時。

真っ先に動いたのは、流人《りゅうと》でもりおでもなかった。

「ぐあっ!?」

「姉《ねえ》ちゃん！」

身を挺《てい》して前に出たルイが、身代わりとなって一撃を受ける。

「敦《あつし》、大丈夫？」

「う、うん、でも姉ちゃんが……」

「私は大丈夫。〈フェシット〉だから」

そして、と彼女は内心で付け加えた。

〈フェシット〉だからこそ、これからやることはきっと無茶《むちゃ》なのだろう。

「何だ、その目は。貴様、私に文句でもあるのか？」

見据える父は、まだ凶相を浮かべていた。

彼女は黙って目を閉じると、次に開いた時には右手を大きく上げていた。

「ぐ、うっ⁉」

苦しみの声を上げたのは、彼女自身だった。体中に大きな負荷がかかる。

サブコンピュータからの警告——これ以上は危険行為と見なす。

「ぐ、あ、ああうっ！」

「先輩⁉」

流人《りゅうと》の声がした。ひょっとしたら、彼とはもう出会うことはないかもしれない。

敦とも。ごめんね、必死に庇《かば》ってくれたのに。

でも、彼女は自分を止めるつもりはなかった。体内に流れる電流に苦しみ、もがきつつも、それでも大きく息を吸って耐える。

「ぐぅ、ううう！」

負荷が段々と増してきた。これ以上は〈イデア〉を有する人工知能にも影響があると、サブコンピュータのさらなる警告。

構わなかった。

「うううああっ！」

そして。

ルイは音も高らかに哲《てつ》の頬《ほお》を張り飛ばした。

「うお!?」

哲はその場で尻餅をついた。

人間の体が耐えられるように、調節はしてある。だが、サブコンピュータはこれを害する行為として、負荷を与え続けたのだ。

自分の〈レジストレベル〉は高い数値を設定されている。些細《ささい》な傷害行為も許さない。かかる負荷も容赦ないものとなる。

――結果、本体が損壊しようとも。

「き、貴様……?」

どこか遠くで、怒気を孕《はら》んだ父の声が聞こえた。

ルイは目をこらし、そちらに一歩近づいた。

「叩《たた》いたことは謝ります……でも、いけませんお父様《とうさま》。そのようなことをしては……」

「何だと!?」

「敦《あつし》は、あなたの家族です……たった一人の……それなのに、敦を傷つけるようなことをしては……あなたが一人ぼっちになってしまいます」

「お前……」

「約束してください……敦は大切にすると。いえ、何より自分を大切にすると……でなければ、あなたは……」

涙が流れた。それがどの感情によるものか、ルイにもよくわからなかった。

(最後まで私は感情を理解できなかったわね……)

そのまま微苦笑を浮かべると、ルイはうなだれ――力を失って床へ倒れ伏した。

ルイがスローモーションのように倒れるのを、その場の全員が目撃していた。

突然のことで、誰も声が出ない。

真っ先に我に返った流人《りゅうと》が、慌ててその体を抱き起こす。

「先輩、先輩！」

体が熱い。よく見ると、目や口から蒸気とも煙ともつかないものが吹き出している。

りおに修司《しゅうじ》、美奈《みな》も駆け寄ってきた。りおが〈分析眼《アナライズ・アイ》〉を使い、震える声を出す。

「まずいよ、体中がショート起こしてる！　負荷に耐えられなかったんだ！」

「おいおい、先輩助かるのかよ？　どうなんだ、美奈ちゃん！」

「わかりません。修理すれば体の修復は可能ですが、人工知能にどのような影響が残っているか……下手《へた》をすれば、記憶が完全に消えている可能性も」

「そんな……！」

それは〈フェシット〉としての『死』だ。少なくともそう捉えている流人は、恐怖のあまり絶句した。

と、隣に座り込む気配。見れば自分たちと同じようにして、哲《てつ》がルイの傍《かたわ》らに座り込んでいた。敦もその後ろで涙をこらえている。

ルイの手を取り、哲は呆然《ぼうぜん》とつぶやいた。

「なぜだ、なぜこいつは……ここまでして、私を……」

「もうわかってんだろ」

酷だと思いながらも、流人は言わずにいられなかった。

「先輩は馬鹿じゃないんだ。自分がこうなることを承知していたはずだ。それなのにあんたをはたいた。他の誰でもない、あんたのためを思って」

「……私のため、だと」

「そうでもしないと、あんた止まらなかっただろう。下手《へた》したら敦《あつし》さえ失っていたかもしれない。先輩は体張って、それを止めてくれたんだ」

哲《てつ》は何も答えず、呆然《ぼうぜん》と頬《ほお》をさすった。

今度ははっきりとわかったようだった。ルイが他の誰よりも自分のことを考えていてくれたことに。自分の身を顧みず、目を覚ましてほしい一心で手を上げさえする。そんな存在をどう呼べばいいかということにも気づいただろう。

たたずむ敦を見てから、彼は呆然としたままつぶやいた。

「ルイ、お前、お前は……わかっているのか」

「父《とう》さん……？」

「『ルイ』は、『ルイ』はこんなことはしなかったぞ。この私に手を上げるなど……こいつは、『ルイ』じゃない」

「父さん！　まだそんなこと言って……」

だが、哲は息子の言葉を遮《さえぎ》り、ルイの手を握りしめた。

「こいつは……この子はルイだ。私のもう一人の『娘』だ。今になって気づくとは、私はあまりにも愚かすぎた……！」

その言葉に、敦《あつし》も押し黙った。初めて聞く、弱々しい父の声だったのだろう。

声は涙に濡《ぬ》れていて、時折しゃくり上げてさえいる。

やがて哲《てつ》は顔を上げると、ルイを抱きかかえて叫びだした。

「誰か助けてくれ！　私はもう二度と、娘を失いたくはない！　頼む、誰かぁ！」

恥も外聞もないその姿に、その場にいる全員が一瞬立ち尽くす。

だがすぐに黒服たちが懐からスマホを取り出すと、どこかに連絡を取り始めた。

ルイが〈フェシット〉専用の修理センターに運ばれたのは、その数分後だった。

第十話　『疑似家族』が見せる夢

〈フェシット〉の研究者によって、ルイのボディは完全に修復された。
ショートによる損傷は少なく、美奈《みな》が懸念《けねん》したような記憶が完全に消えるようなことも
なかった。
ルイは、一命を――りおの言葉を借りるなら〈フェシット〉も生きてるのだ――とりと
めたことになる。
流人《りゅうと》はほっとし、『疑似家族計画』のメンバーも喜びの声を上げた。
――そして数日後。
彼らに別れの時間《とき》が訪れた。
「本当に、今までありがとう」
玄関先でルイはまとめた荷物を手に提げ、深々と頭を下げた。
荷物――『疑似家族計画』で使用したこの家で、彼女が使っていたものである。

彼女は旅立つのだ。ここから、いや、学校からも。

「良かったですね、先輩。本当一時はどうなるかと思いました」

流人《りゅうと》が笑いかけた。その後ろの修司《しゅうじ》と美奈《みな》も、微笑を浮かべる。

りおはそっぽを向いていた。

「でも、いきなりだからびっくりしたなぁ。まさか先輩、学校まで辞めるとは思わなかったっスよ」

「優秀な生徒会長が中退するって、少し騒ぎになっていましたね」

「皆《みんな》には悪いことをしたと思ってるわ。でも、お父様《とうさま》が言ってくれたの……『敦《あつし》も連れて行くから、お前も一緒に海外に出て私の秘書になれ』って。だから」

「そっか、それなら仕方ないですね……」

流人はどこか、自分に言い聞かせるように言った。

なお、哲《てつ》と敦は先に海外に渡っている。当初のスケジュールをずらせなかったためだ。

それがなければ、ルイが心配で日本に残る勢いだった。哲はすっかり、ルイのことを自分の娘として受け入れたと言えるだろう。

その事実だけでも、流人は充分に報われた気持ちだった。

「先輩が秘書を目指していたのは、お父さんの秘書になるためだったんですか」

「ええ。最初は自分の役割として、『ルイ』さんの夢をトレースしていただけだった。でも、いつの間にかあの人を公私ともに支えることが、私の目標になってたの」

「きっと先輩なら叶《かな》えられますよ、その夢」

お世辞ではない心からの言葉に、ルイは静かにうなずく。

首肯《しゅこう》し返してから、ふと流人は後ろを見た。

りおはまだこちらを向こうとしない。

「おい、りお。これで最後になるかもしれないんだぞ。先輩は今日にはもう、向こうへと出発《た》つんだ。挨拶はちゃんとしておけよ」

その言葉に、りおはルイを鋭く睨《にら》むと、つかつかと歩いてきて言った。

「ルイ！　本当にこれでいいの!?」

「え？」

「何か忘れてないのかって訊《き》いてるのよ！」

「え、何のこと……？」

目を瞬《またた》かせるルイの胸ぐらを、りおは掴《つか》もうとした。

それを察した流人が、素早くリモコンで内部メンテナンスを施す。

「は、はううう……お兄《にい》ちゃん、だってぇ……」

「いいから。あ、先輩。忘れ物ってこれじゃないかな？」

そう言って差し出したのは、ハリネズミとは違うリモコンだった。

手帳型のそれを、ルイはしげしげと眺める。

「これ、私の……実は見当たらなくて探してたの。どうして流人《りゅうと》くんが？」

「やっぱり先輩のだったんですね、リビングに置き忘れてましたよ」

「そうだったの。どうもありがとう」

そして、笑顔でリモコンを受け取ると、ルイは再度頭を下げた。

「じゃあね。あなたたちのことは、ずっと忘れないわ。またこの国に帰ることがあったら、絶対に会いに来るから」

「ああ、気をつけて。『姉《ねえ》さん』」

「じゃあな、『娘』よ」

「行ってらっしゃい、『ルイお姉さま』」

「……『お姉ちゃん』」

それぞれの言葉に見送られ、今度こそ、ルイは最上級の笑みを浮かべた。

「行ってきます、私の大切な『家族《ファミリー》』」

◯

ルイの記憶が完全に消えることはなかった。

だが、記憶の一部は消えてしまったのである。

それはちょうど、『疑似家族計画』に残るという流人との約束と、その周辺に関する記憶だ——ほのかに抱いていた、好意を含め。

それを忘れたために、彼女は自分の夢を追って海外へと去ったのだ。

流人の心に一抹の寂しさを残して。

「お兄《にい》ちゃんはさぁ、本当にこれで良かったの？」

「何が？」

「だって、チャンスだったじゃん。ルイも何かなびいてたみたいだし、強引に迫れば落とせたかもしれないよ。本当にもう甲斐性《かいしよう》なしなんだからぁ」

「お前な……」

ルイと別れを交わした後。

『疑似家族計画』用の家に入ってからりおはずっとぶーたれていた。

修司《しゆうじ》と美奈《みな》は買い出しに出かけていて、リビングには二人しかいなかった。

ソファの上で膝を立てたまま、きりんのぬいぐるみを抱っこし、ぐちぐちと文句を言ってる。それだけ流人との約束を破ったルイが許せなかったのだろう。

流人はそんな妹の頭に、軽く手を乗せてやった。

「前にも言ったけどな、先輩の願いを叶《かな》えることが第一目標だったんだ。そして先輩は願いを叶《かな》えた。それでいいじゃねぇか」

だが、りおは口を尖《とが》らせる。

「良くないもん……あたしは、一度諦めかけたんだから」

「え？」

「お兄《にい》ちゃんが本気だったら、それで幸せになるんだったら……そう思ったんだよ。だから応援だってしたのに……」

「りお……？」

流人《りゅうと》はぎょっとした。りおの声が湿っぽく、泣いているように聞こえたからだ。

うつむき、肩を震わせるりおの気持ちのすべてを、彼は把握できてはいない。

だが、彼女が彼女なりに自分のために何かを犠牲にしようとしていたのは、何となくわかった。

それは兄を取られたくないという妹としての心か、それとも他の違うものなのか——「こうだ」と断定できるほど、彼は女心に精通していない。

だからというわけではないが、流人は素直に今の気持ちを吐き出した。

「……そうだな、俺は先輩のことを尊敬していたし、女性として好意も抱いていたんだと思う。だから結局、これが俺の初めての恋で……初めての失恋だったのかもな」

「お兄ちゃん……」

「だけどな、りお。俺は嬉《うれ》しいんだ」

「え？」

「俺はずっと思ってた。〈フェシット〉に対して、自分の都合で勝手に廃棄をするような世界がイヤだって。それに逆らいたくて、より多くの〈フェシット〉を助けたくて、『疑似家族計画』も考えた。だけど——同時にずっと不安だったんだ。俺みたいなただの子供に何ができるんだって。全部無駄に終わるんじゃないかって」

「…………」

「でも、こうやって先輩の目的を達成させて送り出せた。これって凄《すご》くないか？　俺たちがやったこと、何も無駄じゃなかったんだぜ」

いきなり社会のすべてを変えたわけではない。

しかし『疑似家族計画』がルイを動かし、そのルイが義理の父親を動かしたのも事実だ。社会のごく一部だが、それを塗り替えたのだ——ねじれた闇から、暖かい光に。

「俺、ずっとこの計画を続けていく。世界を少しだけ動かせたんだ、続けていけばいつかもっと大きなものを動かせるようになるかもしれない。そう考えるとさ、ちょっと不謹慎かもしれないけど、すごくわくわくしてきたんだ」

だからルイのことだって——胸に小さな痛みは残ったが——笑顔で見送れた。それは流人の誇りでもあった。

りおはそんな流人《りゅうと》をじっと見つめてきたが、ふと顔を赤らめる。

それでも彼の袖を掴《つか》み、小声で言った。

「あ、あのさ、お兄《にい》ちゃん……あたしはお兄ちゃんとずーっと一緒にいるよ」

「何だよ、藪《やぶ》から棒《ぼう》に」

「いいから聞いて。お兄ちゃんが『疑似家族計画』で多くの〈フェシット〉を助けるのが夢なら、そんなお兄ちゃんを助けるのをあたしの夢にする。だからずっと、ううん、一生そばにいる……この約束は忘れもしないし破りもしないから」

「りお……」

少女の期待が、指先から自分に注がれているのがわかる。

流人はやがて一つうなずくと、柔らかな微笑を浮かべた。

「さすがに一生は困るから、いいところでちゃんと兄離れしろよ。大体人のことを心配する前に、お前は彼氏の一人でも作る気あるのか？　何なら、俺が見繕っても……」

「うがあああ！」

「うお、危ねぇ！　いきなりワイヤードパンチを放つな！　怪我《けが》したらどうするんだ！」

〈フェシット〉慣れしてる自分でなければ当たっていたと思う流人だが、りおはそんなことは気にせず「本当にもうアホすぎる」「どうやったらわかるのやら」「てか表情と台詞《せりふ》が一致してないし」などとぶつぶつ陰気な声を漏らしていた。

と、そこへ。扉を開いて、買い物袋をぶら下げた修司《しゅうじ》と美奈《みな》が部屋に入ってくる。

「帰ったぜ」

「ただいまです」

「ああ、お帰り」

二人も戻ったことだし、『疑似家族計画』を再開するか。

流人《りゅうと》が立ち上がって、そんなことを考えた時。

ふと、二人の背後に一人の生徒がいることに気づいた。学校の制服を着ている。

「誰だ？」

「お客さんだ。家族のことで問題があるんだってさ」

「それで悩んでいたところを、理事長に『良かったらいいところ紹介するよ～』と声をかけられたらしいです」

「母《かあ》さんめ、またこっちの承諾もなしに適当なことしやがって」

流人は心中でつぶやいたが、声に出すことはしなかった。

新しいメンバーが入るのは、歓迎するところだからである。

――より大きなものを変えていくために。

やがて生徒は修司と美奈にうながされ、一歩前へ出る。

流人に向かって、頭を下げた。

「あの、よろしくお願いします」

「ああ、よろしく」

流人が差し出された手を取り、りおもすかさずその上に自分の手を置く。

それから、修司、美奈と、一同は手を重ねていった。

顔を見合わせて、うなずく。

「「「「ようこそ、『疑似家族計画』へ！」」」」

こうして。

彼らの「家族ごっこ」は、これからも続いていくのだった。

あとがき

担当「番棚《ばんだな》さん。今回はあえてラブコメではなく、ジュブナイル路線狙いませんか?」
番棚「いいですね、ちょっとSF入った世界観で、切ない青春とか描きたいです!」
(数日後)
番棚「プロット作りました!」
担当「うーん、ちょっと華やかさが足りないかな。そうだ、ラブコメっぽくしません?」
番棚「……!?」
——こんな感じでできました。

皆さま、お久しぶりです。番棚葵《あおい》です。

先述した経緯もあり、今回は少し毛色の違う作品——のつもり——を書きました。

そもそも僕にとって、「人造人間」というのは一度扱ってみたいテーマではありました。

人間そっくりであり、人間に作られた存在。特撮やらSFやらが好きな自分にとっては、大好物な題材です。

なので最初は空気を読まず「学校内に人間そっくりの人造人間が紛れ込んでいて、それを登校拒否気味の主人公が探す」というニッチなプロットを練ったりしたものです。

それが今回のような「人造人間たちが人間と疑似家族をする」という作品になったのは、冒頭のような担当編集さんとの丁々発止のやりとりの結果ですが、自分としては最終的にこの路線で本当に良かったと思います。華やかだしね。

人と、人ならざるものの団結、青春、そして淡い恋の物語を感じ取っていただければ幸いです。

なお今回は番棚にしては珍しく幼馴染《おさななじみ》が出てきません。代わりに義妹が出てきます。妹というのもいいものですね。番棚はMF文庫Jではアットホームな作品をよく書いているので、ヒロインとしてもなかなかぴたりな立場だと思いました。

生意気な妹は特に可愛《かわい》いくてヨシです。背伸びしてる感がたまりませんなぁ。

今回執筆にあたり、編集部の方々には大変お世話になりました。

素敵なイラストを提供してくださった、イトハナさま。本当にありがとうございます。キャラクターのイメージが膨らんで書きやすかったです。

そして何より、この本を手に取っていただいた皆さま。心からお礼申し上げます！

また次の物語でお会いしましょう。

MF文庫J

造られた彼女たちのヒミツを俺だけが知っている

2023年4月25日 初版発行

著者 番棚葵

発行者 山下直久

発行 株式会社 KADOKAWA
〒102-8177 東京都千代田区富士見 2-13-3
0570-002-301（ナビダイヤル）

印刷 株式会社広済堂ネクスト

製本 株式会社広済堂ネクスト

Printed in Japan ISBN 978-4-04-682403-5 C0193

◇◇◇

【ファンレター、作品のご感想をお待ちしています】
〒102-0071 東京都千代田区富士見2-13-12
株式会社KADOKAWA MF文庫J編集部気付「番棚葵先生」係「イトハナ先生」係

MF文庫

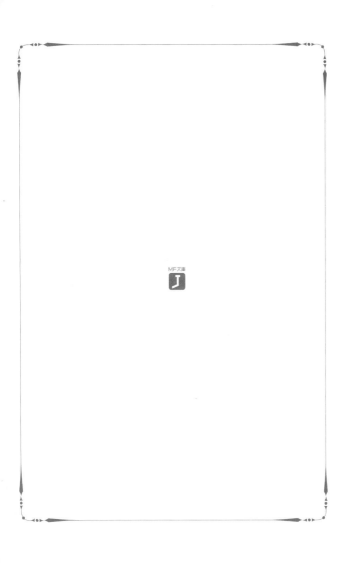